中公文庫

新装版

桃花源奇譚 3

月色岳陽楼

井上祐美子

中央公論新社

目次

主な登場人物

白戴星《はくたいせい》　宋《そう》の皇子。本名は趙受益《ちょうじゅえき》。十七年前に生き別れた母を探している。

陶宝春《とうほうしゅん》　桃花源《とうかげん》の民の末裔《まつえい》とされる少女。自身の正体を知るため桃花源を目指す。

包希仁《ほうきじん》　希代の秀才。天子を補佐する文曲星《ぶんきょくせい》として戴星を見守る。

狄漢臣《てきかんしん》　怪力の少年僧。天子を補佐する武曲星《ぶきょくせい》として幼少期より修行をしてきた。

殷玉堂《いんぎょくどう》　俠客《きょうかく》。もとは劉妃《りゅうひ》一派に雇われ戴星を狙っていたが、共闘関係に。

崔秋先《さいしゅうせん》　仙人。桃花源の在処《ありか》を求め、一行の前に現れる。

李絳花《りこうか》　かつて花娘《かじょう》と名乗っていた元旅芸人。戴星の母・李妃《りひ》の行方を知っている。

何史鳳《かしほう》　元花魁《おいらん》。崔秋先にかけられた呪いを解くため、絳花と行動を共にする。

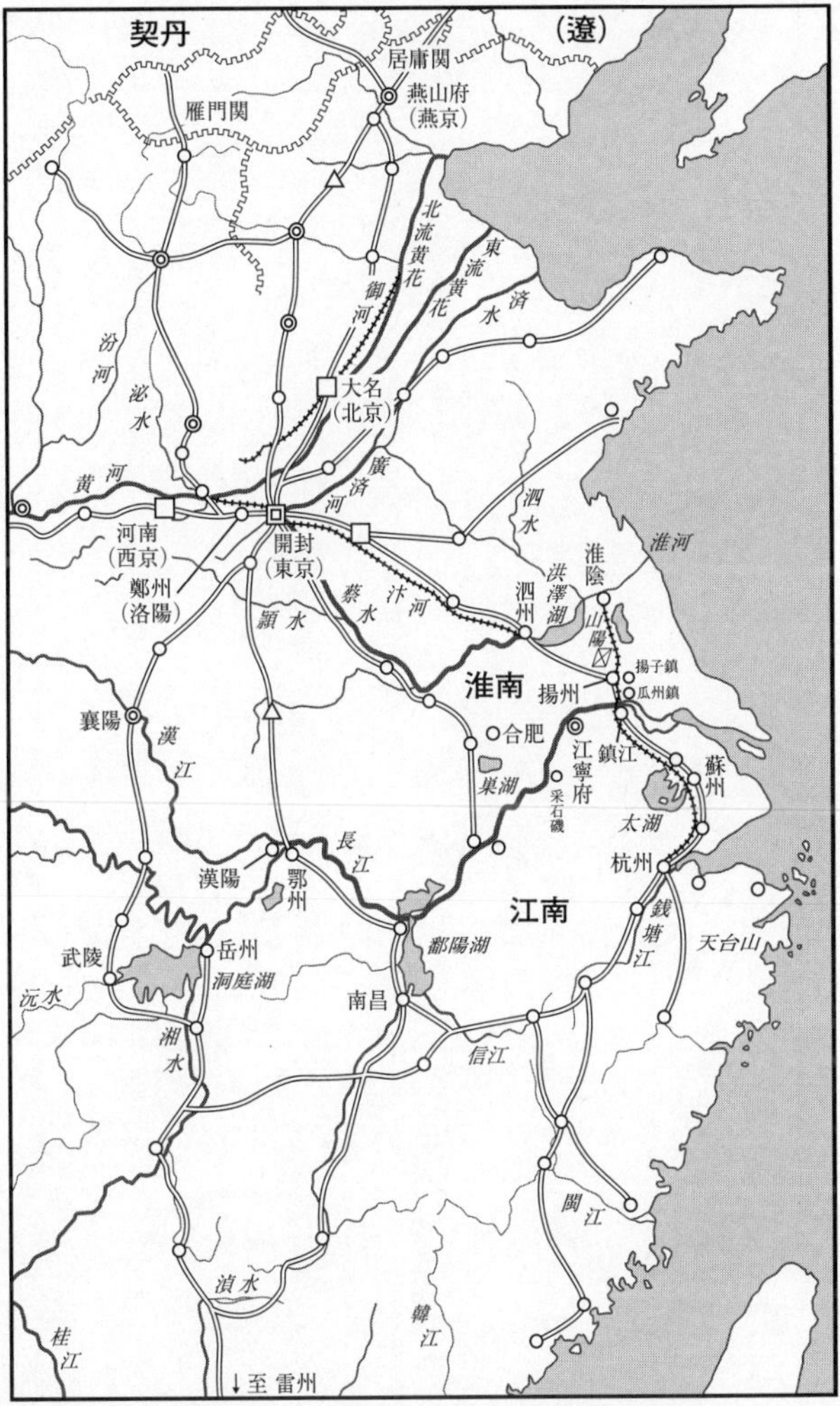
契丹
(遼)
居庸関
燕山府
(燕京)
雁門関
北流黄花
東流黄花
済水
御河
汾河
沁水
大名
(北京)
黄河
広済河
河南
(西京)
開封
(東京)
鄭州
(洛陽)
泗水
淮河
淮陰
洪澤湖
山陽
泗州
蔡水
汴河
潁水
揚子鎮
瓜州鎮
淮南
揚州
襄陽
漢江
合肥
江寧府
鎮江
蘇州
巣湖
采石磯
太湖
長江
杭州
漢陽
鄂州
江南
銭塘江
天台山
武陵
岳州
鄱陽湖
洞庭湖
沅水
南昌
湘水
信江
閩江
湞水
韓江
桂江
↓至 雷州

地図　安達裕章

桃花源奇譚　月色岳陽楼

第一章　江上春夢《こうじょうしゅんむ》

　くまなく晴れわたった空に、星だけがあざやかだった。

　瘦《や》せた月は、とっくの昔に地平の彼方に消えて、見わたすかぎり葦《あし》の原は闇に沈んでいる。ただひとつ、葦の上にぼんやりと頼りなげな光が浮かびあがっているのは、江《こう》を上下する荷船が仮泊《かりどまり》してでもいるのだろう。それ以外、河のほとりには人家のかたちも人の気配もなかった。

　時は三更《さんこう》（午前零時）にちかく、時おりねぼけた水鳥のたてる波の音以外は、江水《こうすい》さえ眠るが如き静けさである。

　それを突然、

「ここだ、ここだ。どこを見ている、おまえら——」

　大音声《だいおんじょう》が砕いて響いた。

　と、同時に、葦の原の上に、すっくと全身を見せた人影がある。あたり一面、浅瀬か泥地ばかりで人が立てるような場所はないから、立っているのは船か、船室の屋根の上あたりであろう。

「ふとい奴らだ。船客の寝込みを襲って、金銭もろとも命まで盗ろうって寸法だろうが、世の中、そうおまえらの都合よくは運ばないんだ、おぼえておけ」

命をねらわれたと主張するわりには、やけに陽気で楽しそうな声調である。男の声だが、すこしかん高いところは声の主がまだ若いことを示している。

「おおかた、最初から斬り取り強盗が目当てでおれたちを乗せたんだろうが、残念だったな。おれたちは、そんな間抜けじゃないぞ。これから、この白戴星《はくたいせい》が全員まとめて長江《ちょうこう》の魚の餌《えさ》にしてやるから、覚悟しろ」

とんとんと、まるで芝居の口上のように軽快にせりふをまとめると、おそらく得物《えもの》かにかをかまえて見得《みえ》を切ったのだろう。じゃらりと金属音がしたが、あいにくの闇夜で、ほとんどだれにも見えなかった。

それが証拠に、

「豎児《こぞう》は屋根だ。外へ出ろ！」

野太い怒声に、どやどやと船板を踏みならす足音が続いた。音からいって、それほどの大人数ではない。せいぜいが、五、六人ほどだろう。だが、舞台はちいさな船の上である。他に逃げ場もない上に、しょせんは孩子《こども》、どれほどのことがある——と、思ったのだろう。

「豎児、覚悟しやがれとは、こっちのせりふだ」

停泊した船の舳先《へさき》にぼうと吊された提灯《ちょうちん》の光の輪の中に浮かび上がったのは、髭《ひげ》づらの、半裸の漢《おとこ》たちだった。がっしりと太く、いかにも強そうな腕っぷしごとに、ぎらりと光る物がある。水夫《かこ》たちが常用する曲刀の一種だろう。その危険な輝きは、豎児とよばれた当の少年の目にも見てとれたはずだ。

にもかかわらず、屋根の上の声から、微笑と余裕は去らなかった。

「亀みたいに、ぞろぞろ出てきたな。忘八《ワンパ》（恥しらず）ども」

「何をいってやがる」

一同の大哥《あにき》格らしい、一番横幅のある男が大声でせせら笑った。はりあげた声は、水面を軽くすべって葦の間に吸いこまれる。声におどろいたか、水鳥の羽音がまた聞こえる。

「亀はてめえの方だぜ、豎児。船のまわりは水ばかりで、ここら一帯、十里四方に人家もねえ。手も足も出ねえだろうが。あきらめて、とっととそこから降りてこい。神妙にすりゃあ、命ばかりは考えてやっても――」

いいおわらないうちに、

「いやだね」

かるく一蹴《いっしゅう》された。

あまりの軽さに、なめられていると知った乾分《こぶん》たちがいきりたつのを押さえて、

「待てよ。もうひとりの男は、どこへ行きやがった」

「知らないね」

「しらを切っても無駄だぞ、豎児《こぞう》。どうせ、逃げるところはないんだ」

「だったら、さがしてみるがいい」

長江を行き来する船としては、中ぐらいだろうか。近在の郷鎮《きょうちん》同士を結ぶ、荷船である。船の底に荷を入れ、その上の胴の間には粗末な屋根をかぶせて客をのせるようになっている。その屋根の上へ一本、帆柱がつき出ているのは、江を遡上《そじょう》する時に風を利用するためだ。

白戴星と自称する少年の声は、その帆柱の根本から聞こえていた。うっそりと闇がわだかまるそのあたりからは、人の気配はするが輪郭まではさだかではない。

「灯りをつけろ」

大哥《あにき》分の低い指示に応じて、舷側の葦がぱっとうかびあがった。魚油をしみこませた松《たい》明《まつ》が二本、高々とかかげられた——その時だった。

「——かかれ」

と、命令が下るのと、

「う、上だ。大哥！」

驚愕《きょうがく》の声が、水面から垂直方向へむかって立ち上がるのと——そして、黒い巨大な鳥のような影が、翼をひろげて降ってくるのが、ほぼ同時。

影は、男たちのちょうど中央にふわりと落ちた。その身の軽さはほんとうに雲の影が落ちたかと思うほどだったが、影でない証拠には、次の瞬間、男たちのひとりが腹に一撃をうけ、悲鳴とともに姿を消した。

舷側から、大きな水柱が立ち上がる。飛沫《しぶき》を頭から浴びた男たちの上へ、さらに、

「ずるいぞ、玉堂《ぎょくどう》！」

戴星の、陽気な声がかぶさった。

「ひとりで、全部、片づける気か。おれにも残せ！」

「知るか」

と、影はつぶやいたようである。すらりとした長身の男の切れ長の眼が、酷薄そうに光ったかと思うと、ふたつ目の水飛沫があがっていた。

むろん、男たちの方も一方的にやられるままにはなっていない。

「野郎——！」

大哥分が影をめがけてふりおろした刀は、しかし、がつんという音とともに跳ねかえされた。

「おまえの相手は、おれだ」

声とともに、少年の顔が目の前にあらわれた。

年齢のころならば十七、八歳。身なりは白面《はくめん》の書生風だが、どことなく育ちのよさがほの見える挙措《きょそ》が船に乗せたときから気になっていた。よく整った年齢相応の顔だちで、特にくっきりとした目もとのあたりがいかにもきかん気な性格をあらわしている。だが、この年ごろの少年は、気ばかり強くて実力はからきしという連中が多いものだ。口こそ達者だが、どう見ても苦労知らずの花々公子《かかこうし》、どうせたいしたことはあるまいと、男がたかをくくったのも無理はない。

「生意気な」

ひとつ痛い目を見せて、世の中というものを思い知らせてやると、男はあらためて刀をふりかぶった。そのまま降りおろせば、少年の肩先に届くはずだった。それが、鈍い音とともに、あっさり手から弾きとばされた。

一瞬、何がどうなったのかわからない。

少年の肩のあたりから、棒のようなものが伸びてきたことだけはかろうじて覚えているが、そんな長尺の得物がどこにあったのだろう。

目をこするようにしてよくよく見れば、少年が持っているのは、三尺（約九十センチ）ほどの棒を両手に一本ずつ——。さらにその間にもう一本、棒があって、三本がひと続きとなっていることに気づいた時には、ふたたびそれが一本の長い棒となって横つらを襲ってきた。

かろうじてそれは避けたものの、もう一端が息つく暇もなく襲いかかる。堅い棒が横っらを容赦なく殴っていったのだと知ったのは、ぐらりと視線がゆらいで暗くなった後だ。あ——と思った時には、黒い水面がすぐ目の前にあった。反射的に落ちる——と、覚悟して、全身をこわばらせたのだが——。

「え——？」

いつの間に回したのだろう。男の腰のうしろあたりを、棒が支えていた。その両端に、金具でつながれた棒があり、さらにその二本の棒の端をにぎっていたのは、

「おい」

花々公子が、にやりと不敵な顔で笑ってみせたのだった。

船外に半身をのりだしたまま、男は少年につりさげられた形となっていた。船についているのは足先だけ、少年が片手を離せば男は水に落ちるという姿勢のままで、

「今まで、何人ぐらい殺した」

少年は、訊《き》いた。

「こ、殺してねえ」

「嘘つけ」

「嘘じゃねえ。刃物で、船の上で殺したことは一度もねえ。みんな、水に放りこんで——」

「おなじことじゃないか」

ひょい、と両手の力をゆるめるふりをして、少年は男をゆさぶった。なにしろ、少年も片足を船端にかけてふんばり、自重でようやく男を支えている状態だ。ちょっとでも均衡がくずれれば、男はまっさかさまに落ちることになる。

「水練ができなけりゃ死ぬしかないし、できるやつは縛ってほうりこんだんだろう、どうせ。おまえも、そうしてやろうか、おい」

「ま、待ってくれ。銭なら、好きなだけやるから」

「……腕がだるくなってきたな」

男のせりふを聞かないふりをして、少年は肩ごしにふりかえった。

「おい、玉堂、そっちが片づいたなら、交替してくれ。手がしびれる。おれは、こんな力仕事には向いてないんだ」

「断る」

戴星の長口舌に対しては、たったひとことがもどってきただけだった。切れ長な眼がじろりとこちらを見ると、何故か、少年ではなく宙吊りになっている賊の方がふるえあがった。おのれと同種の、しかも酷薄なものをこの玉堂と呼ばれる青年の眼の中に見たのである。

——この男なら、薄笑いをうかべたままで喉《のど》を掻《か》き切ることもやってのけるだろう。相手が哀願する婦女子だろうと屈強な漢だろうとかわりなく、気まぐれ次第であっさりと殺してしまう冷酷さと単純さを、青年は持っているようだった。

ただ、それにしては親切に、最初に突き落とした乾分《こぶん》どもふたりをふたたび船にひっぱり上げている。戴星の依頼にそっけない返事をしたのも、彼らの衿がみをつかんで引き上げるので手いっぱいだったからだ。ただの冷淡、冷酷で断ったのではない。

だが、戴星は拒絶されたとたん、ぷんとふくれた。

「なんだ、吝嗇《けち》」

玉堂の眼の蛇を思わせる冷たさなど、どこ吹く風の、くったくのなさである。

「かまわないじゃないか、そんな奴ら、しばらく水の中に浸けておけばいい。泳げないわけじゃないだろうし、真冬ならいざ知らず、春たけなわのこの陽気なら、頭が冷えてちょうどいいぐらいだ」

ちなみに残りのふたりは、少年が賊の頭目ひとりをかたづける間に、玉堂が気死させて足もとにころがしている。当分は目醒《めざ》めそうもないようすで、とりあえず心配はない。だが、

「こいつらが流されてしまっては、面倒だ。この暗さではさがしにも行けまい」

玉堂はあくまでも冷静である。

「こんな連中のひとりやふたり、たたき斬っても、賊の数が減るわけじゃなし、世の中が変わるわけでもなしといったのは、おまえだぞ」

「水夫がいないと船があやつれなくなるから、ひとりたりとも殺すなといったのは、おまえだった」

抑揚の少ない声で、即座に答えが返る。少年は何もいわなかったが、表情がそらとぼけようと企んでいるのは明白だった。

「憶《おぼ》えていないとは、いわせんぞ」

玉堂が舌うちまじりに念を押すと、わが意を得たというような顔でにっと笑って、

「じゃ、おれのいうことを聞きわけてくれたわけだ」

「そういうわけじゃない。ふたりだけで、この船を漕いでいくのは、ぞっとせん話だと思っただけのことだ」

とはいえ、それが理由のすべてではないことは、そっぽを向いた玉堂の横顔がなにより雄弁に語っていた。青年の横顔には「どうも勝手がちがう」と、困惑の感情がはっきりと描いてあった。

「とにかく、助けてくれ。このままじゃ、おれまで落ちてしまうじゃないか」

少年は大げさに悲鳴をあげたが、

「落ちればいい」

吐き捨てるような口調は、まるきり本気に聞こえた。

「莫迦《ばか》をいえ。この夜中に水練なんぞしたら風邪をひく。おれは、蒲柳《ほりゅう》の質《しつ》なんだ」

「嘘はもっと上手につけ。六和塔《りくわとう》の上から銭塘江《せんとうこう》に飛びこんでおきながら、怪我もせず風邪もひかず、起きぬけからここはどこだと騒ぎたてたのはどこのどいつだ」

心なしか、少年につられたか、玉堂の口数が徐々に増えている。

「なんなら、もう一度、おれが水につき落としてやろうか」

「遠慮しておく」

急に神妙に、少年が応《こた》えると、

「俺への遠慮なら無用だ。もう一度落ちたら、今度はおまえが望む場所に浮かびあがっているかもしれん。あの、包《ほう》なんとかいった書生のところか、それとも——」

玉堂は、妙なことをいいだした。

「断る」

と、今度は少年の方が拒絶した。

「望む場所じゃない。おれが行かねばならない場所に出るんだといわれたんだ。今度、水に飛びこんで、蘇州《そしゅう》の仲淹《ちゅうえん》のところに戻って説教をくらうぐらいなら、まだましな方だ。開封《かいほう》の運河なんぞに浮かんでいたら、何のために苦労して長江を、ここまで来たのかわからなくなるじゃないか」

「俺としては、今からでもおまえが東京《とうけい》（開封）へもどってくれれば、ありがたいんだが」

「いいのか、そんなことで。おれを殺すつもりでついて来てるんだろうが」

と、今度は少年はぶっそうなことをいいだした。

「かまわん。俺の手の届かないところでおまえがかたづいてくれれば、俺はそこで用済みになる。礼金も手にはいらんかわりに、俺の名にも傷はつかない」

「ふん。たいした名前だ」

少年が鼻を鳴らしただけで、それ以上いいかえさなかったのは、ただ、ほんとうに手がだるくなってきたかららしい。

いくらみかけより腕力があるといっても、太り気味の大男ひとりを両腕で支えているのだ。彼の体格からすれば、たいしたものというべきだった。

この会話の間に、玉堂はぬれねずみの水夫ふたりを船上にひっぱり上げた。かるく手首だけをそのあたりにくくりつけ、動けなくしておいてから、悠然と少年の方へ歩みより、無造作に片手を伸ばした。

男を支えている棒の片端を受け取って、少年と合力《ごうりき》して引き上げるつもりだったのだろう。ところが少年は、全部あずけるつもりだったのか、それともわざとか、とにかく両手をぱっと離したからたまらない。

「……ぅわっ！」

ほっとしたところを不意をつかれた形で、頭目はあおのけざまに水面にたたきつけられ、巨大な水飛沫をあげた。

当然のことながら戴星も、ついでに玉堂も頭からまともに飛沫をかぶってしまう。水に落ちたのとたいして変わらない状態で、少年はげらげらと笑いころげながら、

「どうだ、頭は冷えたか」

かたわらの玉堂の渋い顔など知らぬ顔で呼びかけた。

一隻の船の長をつとめるぐらいだから、水練の心得はある。だが、不意をつかれた上に夜の川で、しかも周囲の葦が暴れるほどに手足にからまるという悪条件である。おまけに、このふたりの船客たちの強さといい得体のしれなさといい、人殺しに慣れた男でも恐怖にとりつかれるには十分な条件がそろっていた。

「た、助けてくれ」

恥も外聞もなく、彼は叫んだ。

「なんでもする。なんでもやる。だから、命だけは」

「そういって、命乞いした奴をおまえはどうしてきた」

「悪かった。二度とやらない。天地神明に誓ってもいいから」

「あたりまえだろうが。——で、どうしよう、玉堂？」

「なんで俺に訊く。好きにすればいいだろう」

と、年長の青年は早くも興味を失ったようである。

「これで改心させたと思うなら、さっさと引き上げてやれ。どうせ、俺たちが船を降りれ

ばまた、もとの商売をはじめるに決まっているがな」

暗に、ここで殺しておいた方が、後くされもなく簡単だとほのめかしていた。が、少年は気づかないふりをして、

「──そうなのか？」

玉堂と水の中の男と、半々に顔を向けてたずねた。そして、

「おまえ、暮らし向きはどうなんだ」

ようやく船端にしがみついた人間に向かって発するには、少々、不向きな質問を口にしたのだ。案の定、

「へ──？」

男は髭づらから水をはらいのけることも忘れて、少年をみあげる。

「暮らし向きといって──いいわけがねえでしょうが」

自棄《やけ》になったか、投げ捨てるように応えた。

「税金税金で、食ってくのもかつかつのありさまなんです。これを止めたら、たちまち餓死しちまいますんで」

「暮らし向きがよくなれば、こんなことは止めてくれるか」

「そりゃあ──」

「ふう……ん」

「おい、何を考えこんでいる」

「いや、ちょっと……」

生返事をしながら、戴星は腕を伸ばした。といって、少年ひとりの腕で水を含んだ人ひとりの重さをひきあげられるはずがない。しぶしぶという顔をあからさまに見せながら、玉堂も手を貸した。

男は、水を全身から滝のようにしたたらせながら上がってくるや、ぺたりと四肢をついて叩頭《こうとう》した。

「ありがとうごぜいやした」

その頭の方向が、どちらかといえば少年より、なんとはない迫力のある玉堂の長身に向かっていたのは仕方あるまい。少年もそう思ったのか、それとも気づかなかったのか、

「二度と、やるなよ――といっても、無駄か」

どこかうわの空で、少年はうなずいた。

「おい」

そのまま、すたすたと船室に入っていこうとする少年を、玉堂が呼び止めた。

「どうするんだ、こいつらを」

「ああ――。しばり上げて、その辺にほうりだしておけ。朝になったら解いて、船を動かしてもらうから」

「そんなことで、いいのか」

甘いなといいたげな声音に、

「仕方ないだろう。おれたちだけじゃ、ここから一歩も動けないんだから。鄂州《がくしゅう》（現在の武漢《ぶかん》）に着いたら、成敗するか役所にほうりこんで逃げるか、あらためてこいつらの処分を考える。それでいいだろう」

少年も、むっとした口調をかくそうともせず、そういうと、

「ひとりぐらいかたづけなけりゃ、示しがつかない――言いたいのは大方、そんなところだろう。だが、無益な殺生はおれが許さんからな。いいな、おれの見てないところで手を出したら、おれはおまえに殺されてやらんからな」

妙な脅しのかけかたをして、船室へもぐりこんでしまった。姿を消す前にちらりと見せた横顔が、大きなあくびをしていたものだから、

「ち――」

玉堂は、今夜三度目の舌うちをした。

したものの、少年の指示どおりあらためて全員をしっかりくくりあげたところが、なんとも矛盾している。それは、玉堂自身が一番よくわかっていることだった。

水夫たちが、不思議そうなおももちで彼を見ていることも承知している。だれが見たところで玉堂の方が年長だし、このうしろ暗い道にかけても玉堂が二枚も三枚も上手だとわ

かる。戴星と名乗る少年が、日のあたる場所でのびのびと育った世間知らずということなど、いちいちたずねなくとも知れることだ。

そんな孩子《こども》が、悪党ですらふるえあがる玉堂を恐れる風もなく対等の口をきいているのだ。ともすれば、玉堂を配下あつかいの口調である。いや、本人はそんなつもりは露ほどもないのだろうが、人に命令し慣れている態度が妙に嫌味にならず、それどころか自然に人を従わせるなにかを持っているのだった。

いったい少年が何者なのか、玉堂たちの事情がどうなっているのか、この水夫たちならずとも興味のひかれるところだろう。あいにくなことに、

(俺だって、知りたい)

玉堂も同じことを腹の底でつぶやいたことを、彼らは知らない。

(いったい、俺は何をやっているんだ)

自問自答しながら、玉堂は水夫の身体をひとつ、最後に蹴飛ばした。

「い、痛い、いたい!」

がらにもない泣きっ面《つら》を見せて大仰にさわぐ水夫たちを、もう一度、蹴りつけておいて、

(なんで、こんなことになった。どこで、こんな手ちがいが起きたのやら——)

玉堂は、彼らしくなく、ちいさな嘆息をもらして天をあおいだ。

彼がふりあおぐのにいかにも似合いの、月も星もない暗い空だった。

杭州《こうしゅう》郊外の六和塔から、眼下の銭塘江へむかって、白戴星と殷《いん》玉堂のふたりが身を投じたのは、半月ほど前のことになる。

玉堂がなかば決死の脱出行を試みる気になったのは、六和塔が杭州知事の配下の捕吏《ほり》によって包囲されたためであり、彼に少なからずうしろ暗いところがあったためだ。だが、本来ならば、白戴星まで飛びこむ必要はまったくなかったはずだ。

戴星は、玉堂に生命を狙われた側であり、杭州知事、王欽若《おうきんじゃく》とともにかけつけた者たちが、懸命にさがしまわっていた相手でもあったのだ。おとなしく降りたところで、喜ばれることはあっても、罪に問われる可能性はまずないといってよかったのだ。それを、玉堂の後を追ったのは、

「あれで、のこのこと六和塔から降りていってみろ。まず、包希仁《きじん》につかまって説教をくらう、宝春《ほうしゅん》に嫌味をいわれる、漢臣《かんしん》に軽蔑される。あげく、王欽若の手で開封に送り返されでもしたら、何のためにここまで来たのかわからなくなるじゃないか。おれは、尋ね人が見つかるまで帰らないと、大見得をきって家を出てきたんだぞ」

川面にたたきつけられ気を失った戴星が、助けあげられ息を吹きかえした後、玉堂にむかって述べたてた弁解である。

ちなみに、彼を助けたのは玉堂ではない。さすがの玉堂も、すさまじい衝撃には耐え切れず、いったんは意識を手離したのだ。いや——気を失ったのは、はたして落下の衝撃のせいだけだったのだろうか。何か、異常な力の働きを感じたのは、玉堂の思い過ごしでも戴星の錯覚でもなかったはずだ。

玉堂の目算では、銭塘江の少し下流の邑《むら》か、海岸沿いの漁村に泳ぎ着けるはずだった。たとえ、あれで溺死《できし》していたとしても遺体はその近辺の浜辺に漂着するはずで、どうまちがっても杭州よりはるかに内陸にたどりつくはずがない。いくら、双方の街が運河でつながっているとしてもだ。

「——蘇州？」

少し前に目醒めた玉堂にそう聞かされて、さしもの戴星もしばらくは、牀《ねだい》の上に身を起こしたその姿勢のまま、目を白黒させて何もいわなかった。ようやく、口を開いたと思ったら、

「虚言《うそ》をつけ」

彼らしくない、平凡な感想を口にした。後から聞けば、本当にからかわれていると思ったという。

「虚言なら、もっとうまくつくぜ」

玉堂がせせら嗤《わら》ったのは、なかば自嘲《じちょう》もあったのだろう。

「俺だって、驚いているんだ。今日が、何日だと思う」

「──何日だ？」

唐突に訊かれて、戴星は目をしばたたくばかりだ。日付を聞いて、ますます眼の色は疑り深くなる。

「昨日の今日じゃないか。六和塔から飛んだその次の日に、蘇州にいるだと？　杭州から蘇州まで、何日かかると思ってるんだ」

ちなみに、どう急いでも、三日以上は確実にかかる距離だ。

「だから、俺も驚いているといっている」

「何かのまちがいだ。でなけりゃ、おまえのききまちがいだ」

だが──。

「ふたりとも、昨日の夕刻、蘇州の街のすぐ外の運河に、小舟に乗って漂っておられたのをここへお連れした。見つけた者は在下《それがし》の縁者ゆえ、まちがいはない」

その時、室内に入ってきた声にきっぱりとそういい切られて、戴星は反論の余地を失った。まして、そう戴星に告げた相手が、

「范《はん》仲淹──だったな、たしか」

「ご記憶いただいておりましたとは、光栄至極」

枕もとに立った壮年の漢が、生真面目そうな顔にわずかな微笑をうかべてうなずいては、

疑問のはさみようもなかったのである。

戴星とは、一度きりだが、開封で面識がある。

范仲淹、字《あざな》は希文《きぶん》――とは、戴星も後で知った名であるが、進士《しんし》出身のれっきとした官僚であり、簡単に虚言《うそ》をいうような人物でないことはその謹厳な表情からでも推察できる。

なにより、服喪のために故郷、蘇州へ帰るといっていた彼がこうして居るということ自体が、少なくともここが杭州ではないことを示していた。

しかも――目が醒めたばかりで、まだ朦朧《もうろう》とした意識をもてあましている戴星に、范仲淹はこう呼びかけたのだ。

「なにがあったかは存ぜぬが、なにはともあれ、ご無事でなによりでした、殿下」

「――では、おれが何者か、知っていて助けたわけだ」

「はい。東京でお目にかかった後――あれは同じ日の夜でしたか、母君にもお目にかかりましてな」

痛む身体を硬くこわばらせる少年にむかって、三十代の休職官吏は余裕のある微笑をむけて応えたのである。

「八大王《はちだいおう》殿下のご正室ともあろうお方が、わざわざ在下の如き微賤《びせん》の者の宅へお運びくださいましてな。いや、まったくいろいろな意味でたいしたお方でありました」

母親が八大王の妻――つまり、この宋《そう》国の今上帝《きんじょうてい》の兄弟、商王《しょうおう》・趙元份《ちょうげんふん》の妃ということは、この少年は皇帝の甥、れっきとした皇族のひとりということになる。むろん、白戴星とは口からでまかせに名のった名で、本来は趙受益《ちょうじゅえき》と言う。

しかも皇帝には現在、世継ぎとなる皇子がおらず、一番年長の甥である彼を、皇嗣《こうし》として迎える案がもちあがっている最中なのである。

事情があって、反対をしている勢力もないわけではない。戴星以外に人がないわけでもないのだが、帝《みかど》との血縁の深さや、年齢、才能を考慮にいれると、彼が多くの人の妥協点となり得ていたのである。つまり、黙っていれば、至高の座にすんなりと座れる身なのだ。それが、すべてを投げ打つ覚悟で家を――そして開封を後にして、これといったあてのない旅に出たのは、やむにやまれぬ事情があってのことだったのだが。

「家を出られた理由も、その――例の事情もひととおりは狄妃《てきひ》さまからもれうかがっておりますが」

と、いいながら、背後に立っている玉堂の姿をうかがった。その視線は微笑をふくみながらも、油断は決してしていない。

玉堂は、先ほどから長窓《ちょうそう》（扉）によりかかった姿勢で、こぢんまりとした室内をのぞきこんでいた。長窓の外は、ちいさいながらも池を配した瀟洒《しょうしゃ》な院子《にわ》になっている。その院子から一陣の風が吹きこんで、少年の頰をなぶっていく。

玉堂は、范仲淹の鋭い視線にもびくともせず、かといって「事情」ということばにも反応をみせない。范仲淹も、どうやらわざとそのことばを口にしたらしい。その場の空気から、戴星も、玉堂があらかたの真相を知っているのだと察知した。

八大王家の長子というのも、実は仮の身分。真実の父母は別にいる。生母は、謀略の犠牲となって行方不明、父は存命だが戴星の存在はこの年まで知らされていない。その実父という人が、実は叔父とされてきた今上帝であり、その皇后・劉妃《りゅうひ》が母を陥れた張本人であり——その一派に、戴星は生命をねらわれている身でもあった。

（ああ、そういえば）

水に落ちた衝撃と蘇州で目醒めたという驚愕とで、記憶が一部、吹き飛んでいる。それを、綱をつけてたぐりよせるように戴星は思いだしていた。

（玉堂と六和塔で落ち合ったのは、決着をつけるためだった。おれの命を賭けて——）

この蛇のような眼をした漢は、杭州で再会した時、劉妃のさしむけてきた刺客《しかく》となっていたのだ。それを口先三寸で丸めこんで、とりあえず母の行方をさがしあてるまでの猶予の約束をとりつけたところで、王欽若たちに六和塔を囲まれたのだった。

包囲の中には、包希仁たちの顔もあった。刺客からのがれるつもりなら、六和塔から降りるだけでよかった。それをすんなりと降りなかったのは、劉妃側の人間であるはずの王欽若に対する警戒心の他に、包希仁たちに対して意地と見栄があったためだ。

「それにしても、殿下。同行したはずの包希仁どのはいかがされた。たしか、陶《とう》宝春とやらいう旅芸人の娘も連れて、杭州に行くという話であったのに」

「話せば、長くなる」

案の定、追及されて戴星はことばに詰まった。

「長くなるから、訊くな」

とは、無茶な言い分である。范仲淹が反論しようとするより早く、

「拗《す》ねたのさ」

と、玉堂の声が割ってはいった。二組の視線が、それぞれにとがめるような色で長身の漢に向けられた。

「どういう意味だ」

とは、戴星の不機嫌な声。

「そうだろうが。包希仁とやらいうあの落第挙人が、母親からさしむけられた目付け役だったと、むかっ腹をたてていただろうが」

「目付け役だから怒ったんじゃない。それをおれに黙っていたことが、気にくわないと
——」

最初から真実を明かしていれば、そもそも包希仁の同行を承知などしなかったくせに、戴星は抗弁を試みた。だが、

「では、おまえはどうなんだ？」

簡潔に逆襲されて、たちまち返答につまる。真実をかくしていたというなら、戴星の方がたちが悪い。希仁たちと最初に出会った時に、偽名を名のり身分をいつわったのは戴星の方なのだ。他人のことをとやかくいえた義理ではない。

「おまえだって、他人にいえないことは山ほどあるくせに」

と、憎まれ口をきいて、まだ牀上《しょうじょう》にあるのをさいわいに衾《ふすま》をひっかぶるのが、戴星にできる反抗の限度だった。

その衾の小山を、微笑まじりの苦笑でながめやりながら、

「さて、玉堂」

范仲淹は玉堂に向きなおった。開封の自邸に、夜半、侵入してきた相手だから、さすがに名前もはっきりと覚えている。

「殿下をここまで、お連れしてくれたことに関しては礼を申そう。その口のききようはいささか気にかかるが、殿下ご自身がこのありさまであるから、まあ、よしとして——おぬし、包希仁どのとも面識があるはずだな。あの御仁の所在は知っておらぬか」

「今ごろは、杭州にいるはずだが」

歯切れが悪いのは、この篤実そうな壮年の男に自分たちの体験を話して、どこまで信じさせられるか危ぶんでいるのだろう。昨日まで自分たちも杭州にいたなどと告げて、鵜呑《うの》みにされる可能性は低い。別に信じてもらう必要はないが、自分たちでも理解できていな

いことに関して説明を求められては困る。

戴星もおなじことを思ったのだろうか、

「そんなものを聞いて、どうする！」

がばりと衾をはねのけて、怒鳴った。が、范仲淹は動じない。

「むろん、殿下がここにおいでになることを、知らせます。何か、不都合でも？」

「奴に知らせたりしたら、今すぐ、ここから出ていくからな」

「しかし、これは一刻も早く伝えねば、希仁どのの生命にも関わりますぞ」

「——そんな、大げさな」

「希仁どのは、狄妃さまからの依頼を拝した身。もしも殿下に何事かあれば、みずからの生命をもってお詫《わ》びするぐらいの覚悟をしているはず。その誠実そうなところが妃殿下の御目にかなって、殿下の御身を託されたほどの青年ですからな。いつ、別れられたかは存ぜぬが、せめて、殿下の無事だけでも早く知らせてやらねば」

「————」

戴星は、范仲淹の生真面目な顔をしばらくの間、じっとにらみつけていたが——。

やがて、

「勝手にしろ」

ひとこと、吐き捨てるように告げると、また衾をかぶってしまった。

ちょうど、外に人の気配がさして、

「旦那さま」

声をかけた。僮僕《どうぼく》だろう、声が幼い。

「なんだ」

「義荘《ぎそう》の件で、まいっている者がおります」

「ああ、ちょうどよい。今、人を呼びにやろうと思っていたところだ。少し、そこで待っておれよ」

僮僕を待たせておいて、

「では──殿下。お疲れのようす故、在下《それがし》はこれでいったん、下がらせていただきましょう。他の話は、またのちほど伺うことにして、それまでゆるりとご休息を」

部屋を出ていく足音までが、几帳面《きちょうめん》だった。

「──おまえ、先に行って、至急、杭州まで使いに行ってくれる者を手配してくれるよう、命じてくれ。わしも、すぐに行く」

「かしこまりました」

僮僕に命じる声がすぐにちいさくなってふいに消えたのは、角を曲がったか扉がしまったかだろう。

「おい──」

と、玉堂の声がしたのは、ひと呼吸おいてからだ。

「いいのか」

「何が？」

衾の中で、声がくぐもった。

「あの落第挙人に知らせるつもりだぞ、ここの主どのは」

「——あいつに、何事もあるものか。責任をとるつもりなら、あいつはおれが金山寺《きんざんじ》で別れた時に、とっくに首をくくるか行方をくらましている」

みたび、衾をはねあげての抗弁である。玉堂の問いと答が微妙にずれているところが、少年の動揺をうかがわせた。

「俺が訊いたのは、知らせを受け取ったら包希仁がすっとんでくるが——ということだが。逃げなくて、いいのか。それとも、迎えにきてほしいのかな」

揶揄《やゆ》する口調は、そのまま図星をついていた。つかれていることを、戴星も自覚していたが、

「おまえこそ——王欽若の手元金をくすねてきたはずだな。とっとと逃げないと、暗いところへ放りこまれるぞ」

つっぱねた。

「俺は、おまえ次第だ」

にらみつけてくるのを、玉堂はせせら笑いでうけ流す。

「なにせ、おまえに命を預けてあるんだからな」

だが、今度は戴星もだまされなかった。

「やせ我慢も、たいがいにしろ。いくらおまえでも、動けないというのが本当のところだろうが」

水面というのはやわらかいようで、実は落下物に対しては大変な硬度を持っている。あの高さから不用意に落ちれば、骨の数本は折っていてもおかしくない。悪くすれば、全身打撲で即死である。

戴星たちの場合は、それなりの覚悟と体勢をととのえた上でのことである。しかも、双方とも、身体もとっさの判断力も鍛えてある。ために、外傷や生命にかかわるような衝撃をたくみにかわして生き延びたわけだが、それでも戴星は目覚めた時から全身の疼痛《とうつう》を懸命にこらえていたのだ。

いくら玉堂が身軽で常人離れしているか知らないが、普通の人間である以上、条件は戴星と同じだ。とすれば、涼しい顔は、実は意地と見栄の結果だろうと戴星は見破ったのだった。

玉堂は、案の定、いまいましげに舌を鳴らした。

「――ばれてるなら、ふりをすることはないやな」

よりかかった姿勢のまま、ずるずるとその場にすわりこんでしまったところを見ると、よほど我慢に我慢をかさねていたのだろう。

それを見た戴星も、とたんに表情に苦痛の色をうかべた。ひき結んだくちびるの間からきりきりと音がしそうなほどに、顔をゆがめたが、長身を折るようにして床にすわりこんでいる玉堂の姿を見て、片目だけで笑ってみせた。

その表情が玉堂の視線にとらえられた瞬間、彼も同様に眼だけで笑ってよこしたのだった。互いの立場や考え方は決して理解したわけではないが、共犯者だけにある一種の感情が、両者の間をつないだのである。

「――そういえば」

玉堂が、先に口を開いた。なめらかな石の床にすわりこんだままだが、牀《ねだい》の上で身体を丸めてうなっている戴星よりは楽な顔をしている。

「結局、訊かなかったな」

「何を――？」

「俺なんぞがおまえと一緒にここにいる経緯《いきさつ》も理由も――どこから来たかも何があったかも。俺の正体は承知しているはずだが」

「おれが、訊くなと命じた」

戴星の投げた口調は、痛みのためか拗ねているためか判然としない。

「――それでも、ふつうなら、目が醒めた時点で質問責めにするものだ。どうせ、いずれは訊かれるのだろうが」

「――話すのか？」

「虚言《うそ》をいっても、無駄だろうな。あの男は、どうやら落第書生どのと同じ種類の人間のようだからな」

悪党のくせに玉堂の人を見る眼は、たしかなようだと戴星はひそかにうなずいた。直感で、彼もそう思っていたからだ。

「しかし、昨日まで杭州にいたなどといって、信じてくれるか？」

「賭けるか？」

声が冷笑を含んだのが、玉堂の自信をあらわしていた。

「もっとも、俺自身、まだ信じたくない気分だがな。どうも――おまえの周囲には妙なことが多すぎる。妙な人間も、多すぎる。おまえの母親といい包希仁といい、あの小娘といい――」

ふいに、

「宝春は、ただの人間だ」

少年の声が、触れられそうなほど硬くなった。

「桃花源の住人の末裔《すえ》が、ふつうか」

「――そこまで、知っているのか」

戴星の眼に、一瞬だが暗い色がうかんだ。

「なら、だいじょうぶだな」

「何がだ？」

「今、ここで話してもいいってことだ。場合によっては、おまえをやっかいばらいさせようと思ったんだが」

「話？　だれと話すつもりだ」

「奴さ」

「奴――？」

戴星は、器用に視線だけで部屋の一点を示してみせた。玉堂も身体は動かさず、目だけを精一杯に動かして、その画を見やった。

部屋の正面の壁際に琴卓《きんたく》が据えられ、その上に一幅の山水画の軸が掛かっている。この家の主人が描いたものか、あるいは知人のだれかに依頼したものか、とにかく技巧は稚拙《ちせつ》だがのびやかな筆づかいのそれが、風にあおられたかふわりと動いた。そう玉堂が見た時には、その軸の前に黒くうずくまる影が在《あ》ったのだった。

「一別以来でございますな、公子」

「誰だ」

「壺中仙《こちゅうせん》の崔秋先《さいしゅうせん》というそうだ」

誰何《すいか》の声は玉堂。うんざりしたような紹介は、戴星のものだ。

「東京からこっち、おれと宝春は、こいつにつきまとわれてどれだけ妙な目やあぶない目にあったかわからない。おおかた、おれたちが杭州からここまで飛ばされたのも、こいつの妖術《ようじゅつ》のおかげだぞ」

「これは、あまりなおおせじゃ、公子。少なくとも、御身が蘇州にあらわれたのは、儂《わし》のせいでもだれのせいでもない。御身ご自身のせいでございますぞ。儂はむしろ、御身の所在を求めて方々、おさがし申しあげてやっとのことで追いついたのでございますからな」

「でたらめ、ぬかすな」

「やれ、口の悪いお方じゃ。虚言《うそ》ではござらぬ。思い出してくだされ。以前、御身は儂の邸の壺の内に身を投げて、東京は皇城《こうじょう》の内の、大慶殿《たいけいでん》へ出たことがおありであろう？」

この常識はずれの出来事が事実だったから、戴星は鼻の頭にこじわを寄せてしかめ面をしてみせた。

「もしも、儂が妖術で細工をするなら、もっと別のところへご案内いたしますわい。正直なところ、術は用いましたが、それは入口を開くところまで。どこにたどりつくかは当事者の問題で、儂にも制御ができぬのですじゃ」

「当事者の、問題？」

「そのお人が行くべきところ、行かねばならぬところに出口は開くもの。そういう術なので。入口は儂の恣意《しい》でどのようなところにでも開けられるし、おのれの出入りは自在なのだが――まあ、術中のお人の意のままにもならぬというわけで。殊にこの公子ときたら、術を仕掛けた儂ですら後を追いきれぬところまで飛んでいってしまわれるので、そのたびにお捜しするのが大変で」

わざとらしく、やれやれといった風に肩をすくめて首をふった。思いあたるところがあるとばかりに、玉堂が薄い唇《くち》もとに冷笑をほんの一瞬、うかべて消した。目ざとく戴星が、

「勝手なことばかりいうな。おれは、おまえについてきてくれなどといったおぼえはないぞ。だいたい、大慶殿だの蘇州だのが、なんでおれの行きたいところなんだ。それだったら、一番に母の居場所へ――」

「おまちがいのないよう。行くべきところと申しあげましたぞ。行きたいところではございませぬ」

ようよう身をおこしてくってかかる戴星を、さらりと受け流して、蟾蜍《ひき》に似た老人は平たい顔に平たい微笑をうかべた。

「この蘇州はともかく、大慶殿というのはこの宋国の政《まつりごと》のおおもとたる朝見《ちょうけん》の場。いかにも公子にはふさわしい場所かと心得ますが？」

そのせりふを口にしたとたん、老人は外見には似合わない身軽さでひょいと身体を移動

している。そのあとを、戴星のなげつけた枕が勢いよく通りすぎた。

「やれ、あいかわらず短気なお方じゃ。まあ、それだけお元気ならば、心配はいらぬ。儂もごようすを見にきただけじゃ。すぐに杭州にもどって、そう、お伝えすることにいたしましょう」

「だれに」

「まずは、包希仁どのに」

「奴が、おまえなど信用するか！」

「さて、どうでありましょうな。あるじとちがって、あの文曲星《ぶんきょくせい》どのはなかなか話のわかるお方。公子の無事をお伝えすれば、褒美のひとつもくれるかもしれぬ。なにしろ、頭のよい男じゃ。花娘《かじょう》の行方を、懸命に追っていたことでもあるし、桃花源のことも公子の母君の所在も、とうの昔に突きとめておるやもしれぬ――」

「……待て」

戴星が痛む身体を忘れて牀《ねだい》から飛びだしたのは、老人の姿が最初にあらわれた水墨画の中へ溶けこもうとしたからではない。

「今、なんて言った」

「ですから、桃花源も母君の所在も――」

「その前だ！」

「さあ」

奇妙な笑いが、水墨画の図柄と同化した。

それでも、戴星がいつもの敏捷さをそなえていたらあるいは追いついていたかもしれない。

「そちらのご仁にでもお訊きになったらいかがかな？　よくよく揉めごとに首をつっこむのがお好きと見うけられますからな。おのれの首をおのれでしめるようなことにならぬよう、ご忠告申しあげておきますぞ。――おや、もう頃あいじゃ。いずれ、またお目にかかりましょうぞ。いや、公子がいやだと申されても、かならず。それまでは、御身お大事に」

「……人を莫迦にしやがって」

玉堂が、皓歯《こうし》のあいだからしぼりだすように毒づいた時には、壁の画はもとの、なんの変哲もない画にもどっていた。間一髪のところで、戴星の拳《こぶし》が画にたたきつけられた。

「文曲だと——」

壁をたたいた形となった手と、ぶりかえした全身と双方の痛みで、ふたたびその場に崩れ折れながら、戴星の視線はしっかりと玉堂をにらんでいた。

「——貴様、何を知っている」

「知らん」

老人の素姓や戴星とのいきさつ、術とやらの真偽はともかくとして、老人が手際よく少年の怒りを自分へ振りかえていったことだけはわかったらしい。玉堂は、氷のような表情でそっぽをむいた。だが、彼が氷なら、戴星は火の塊《かたまり》のようなものである。

「しらを切るなら、おれはここから東京へ帰るぞ」

「それで、脅しのつもりか」

鼻でせせら笑った玉堂だが、

「東京へ帰って、おまえの雇い主と直接に話をつける。そうなれば、どう話がころんでもおまえは用済みだ。おれと決着をつけるどころか、秘密を知るおまえの方がつけ狙われることになるぞ」

なるほど、これはただけんかっ早いだけの、世間知らずの花々公子ではない。

「母親さがしとやらはどうする気だ」

「それこそ、今までのことをすべてぶちまけて、大っぴらにさがすさ」

「何故、最初からそれをやらない」

「――両刃《もろは》だからさ。大恩のある人を巻き添えにしかねない。だから、最後の手段だ」

直接に対決することはたやすいが、完全な証拠をにぎったわけではない。のるかそるかの大勝負になる。自分ひとりの命運を賭けることは平気だが、敗れれば育ての親もろとも、葬り去られる危険性があるというのだ。

考えていないような顔をしているが、どうやら外見ほど猪突猛進ではないということか。まさか、ここまで来て今さら母親さがしとやらを止める気などないだろうが。

「ふん」

と、玉堂は鼻を鳴らした。

「よし、教えてやる」

戴星が床の上に直接座りなおすのを横目で見ながら、

「おれの知っているかぎりのことは、教えてやろう。そのかわり、逃げるなよ――」

――数日後、范仲淹が送った使いが、包希仁の書簡を持ってもどってきた。

范仲淹の報《し》らせがとどくより、崔老人の方が早いはず。老人がこうと告げれば、すぐさま希仁自身が飛んでくるものだと覚悟していた戴星は、肩すかしをくらって憮然《ぶぜん》となったまま、なかなか機嫌をなおそうとしなかった。

「――杭州から直接、鄂州へむかっただと？」

「と、書面には、そう書いてありますな」

「おれを待たずに――連れずに行ったのか、三人で？」

そのいいぐさが、拗ねたあげくにおいてきぼりをくった孩子《こども》の口調そのままだったので、

范仲淹も思わず口もとをほころばせながら、

「希仁どのと、宝春――というのは、一度、在下《それがし》も東京で見かけた、あの小娘子《おじょうさん》ですな。あと、狄《てき》漢臣という者は？」

「武曲星《ぶきょくせい》だ……たぶん」

「ああ、なるほど」

「おどろかないところを見ると――知っていたな、おまえ」

年長のれっきとした士人をつかまえて、おまえよばわりもないものだが、妙にこの少年の口調には似合っている。呼ばれた方も、怒る気配もたじろぐふりもせず、

「殿下が、拙宅においでになることの方がよほど驚きです」

笑って、受け流されて、

「うそをつけ」

戴星は、さらに拗ねた。

この男、戴星たちが杭州から蘇州へとやってきた経緯を語っても、おどろいたふりすらしなかったのだ。

「――世の中は広いですから、不思議のひとつやふたつ、あってもよろしいでしょう」

真面目一徹で、怪力乱神など頭から排斥しそうに思えるくせをして、どこか世慣れていて、清濁合わせてうまく飲みこんでしまうような空気を漂わせている。

そういえばいつのことだったか、二十歳代で進士となった英才に似合わない、その余裕に関して戴星がぶしつけな質問をぶつけた時にも、

「自分で申すのもなんですが、人なみ以上の苦労をしておりますもので」

温厚そうな笑顔で答えた。

「在下《それがし》は、父を早くに亡くしました。母が朱《しゅ》家に再嫁《さいか》しましたために、在下も朱姓を名乗っておりましたが、范氏を再興したいと子供心に思いましてな。家を出、他家へ嫁いでいた叔母のところへ身を寄せて、勉学に励んで、現在に至った次第」

何気なく語ってみせたが、それがどれほどの苦労だったか、戴星にはわかるような気がする。

「では、服喪のために致仕《ちし》したのは」

「育ての親ともいうべき、叔母のためです」

「そのわりには、外出が多いな」

弔問客が多いのなら話はわかるが、戴星が見ている数日の間だけでも、毎日一度は外出している。

「義荘の件で、土地を見てまわっておりますもので」

「――義荘？」

「昔の在下のように、一族の中で困窮しておる者、勉学の道のない者を少しずつでよいか

ら、扶助してやり、叔母への供養としようと思いましてな。荘園を営み、その収益を援助に充当するつもりで、適当な土地を物色しているところです」

口では簡単にいってのけるが、なみたいていでできることではない。

「しかし、考えているだけでは何事も成せますまい。それは、殿下の方がよくご存知のはず」

「おれは、おまえや希仁とはちがう。学問もとびぬけてできるわけではないし、母親ひとり守れないんだぞ」

「それでも、殿下は殿下にしかない力を、お持ちのはず」

「生まれた時からくっついていたものだ。おれの実力じゃない」

「そうでしょうかな」

「説教か」

戴星はいやな顔をしたが、口を封じようとはしなかった。どちらも現在、公の身分を離れているせいもあるが、それでもだまれと命令をすれば、范仲淹はそれに従うだろう。だが、戴星は命令しなかった。短気な彼が怒りだしもせず、そのあとしばらく続いたお説教に耳を傾けていたのだった。

横目で見ていた玉堂が、あとでどこか具合でも悪いのかと尋ねたのは、余談である。

とにかく――そんな調子だったため、包希仁たちが先行したと聞いた時の戴星の言動を見て、玉堂は少なからずほっとしたらしい。

「──だいたい、鄂州へ行くのなら、この蘇州を通ったはずだろう。なんで、おれを無視して──」

鄂州は、長江の中流域、漢江との合流点に栄えている城市《まち》である。その少し上流に洞庭《どうてい》湖《こ》があり──洞庭湖に注ぎこむ川のひとつの上流に、武陵《ぶりょう》という地名がある。桃花源というものがあるのならば、その付近にちがいないと戴星はみていた。

杭州から鄂州へ行くなら、運河沿いにいったん北上して鎮江《ちんこう》で長江に出、そこから遡上するのが常識的な方法である。その行程でなら、かならず蘇州を通っているはずで、戴星の怒りも無理のないことだった。だが、

「──銭塘江を上ると、書いてありますな」

書面を読みすすめながら、范仲淹が補足した。

「いや、几帳面な若者ですな。どの道を取るか、何日ぐらいに、どの城市を通過するか、予定をこと細かに書いておりますぞ」

行程の距離から日数を割り出したのは、宝春だろう。旅芸人の娘だから、あのあたりも何度か往来しているはずだ。

「そんなことは、どうでもいい、銭塘江だと？」

運河を伝って鎮江に出るのが表の路なら、長江に並行する形で銭塘江を西に向かい、途

中で北上、鄱陽湖《はようこ》で長江に合流するのは裏道ともいえる。とはいえ、これも重要な街道のひとつで、道に沿って官が設置した駅が整備されている。

「杭州知事に、駅馬を使う許可を出させたと書いてあるが――」

「希仁のやつ、王欽若を脅したな」

杭州知事の王欽若は、戴星の仇ともいうべき皇后・劉妃側の人間である。ただし、いろいろとまずい現場を戴星たちに押さえられているうえ、利にさとい人間である。たとえば、戴星が位に就いた暁《あかつき》のことを匂わせてやれば、簡単に協力を申し出るだろう。もし、あてが外れたとしても心配はない。杭州と開封は遠いのだ。劉妃の耳にこのいきさつが知れなければ、損をすることもない、等々――。王欽若を釣る餌は、いくらでもあるし、包希仁はその若さに似ず、人心の操縦術は心得ている男である。

『――李絳花《りこうか》という女が、そちらの路をとったという話を聞きつけたので、とにかくその後を追ってみることにした。だが、確証がないので、殿下には鎮江の方からさかのぼって調べていただきたい。どちらにしても、鄂州にはかならず現れると思われる。某月某日、鄂州の某所で待っているから、白公子にはそこまでおいでいただきたい――』

つまり、ふた手に分かれて捜そうというわけである。李絳花と名のる女――かつて、花娘と名のっていた妓女。江南を中心に、十数年もの間、出没している女。桃花源をめぐっての因縁で、どうやら壺中仙の崔老人とかかわりのある女、そして、戴星の実母、李妃《りひ》の行方を知っているはずの女を。

「明日、出発する」

戴星の眼が、数日ぶりで輝いた。

「明日、ですか」

「なんだ、都合が悪いか」

開封の父母のもとへ告げ口でもしたかという意味で、意地悪く問うたのだが、范仲淹の生真面目な顔は、生真面目なままに否定した。

「在下《それがし》の都合はどうでもけっこうですが、お身体の方は心配ありませんか」

玉堂が、部屋の隅で声を立てずに笑った。

ばれていたかという笑いだった。

この数日、范仲淹の前では身体の疼痛など気配にも出さないよう、戴星も、玉堂自身も平気を装ってきていたのだ。体調が悪いといえば、ふたたび旅に出ることに反対される。いつもの戴星の性分なら、反対されてもだまって飛び出してしまうのだが、范仲淹を相手にそういう無法をするのはさすがに気がひけたらしい。

「――真面目な奴ほど、本気で怒らせると恐い」

だが、戴星の深謀遠慮は結局、無駄だったというわけだ。

「這《は》ってでも、行く」

戴星は、ふんとむくれた顔つきで主張した。

「希仁が来いといってるんだ。李絳花を見つけ出す自信があるんだろうさ。だったら、行くしかあるまい。止めても無駄だからな」

ただし、行くことは行くが、包希仁たちと合流するか否かは別の話だとは、口にださなかった。包希仁たちが女の身柄を押さえたところで、横どりするなり、話だけ聞きだすなり、いくらでも方法はある。

戴星の腹のうちを、今度は知ってか知らずか、范仲淹はにこにこと笑って、

「止めはいたしませぬ。ただ、行かれるならば、一筆、狄妃さまにお願いいたします。書いてくださるならば、舟の手配をいたしましょう」

あっさりと許可して、翌日の朝まだき、霧のたちこめる運河のほとりまで、みずから見送ってくれたのだった——。


(——そうして)

あいかわらずきれいに晴れた夜空を見あげながら、戴星はひそかに嘆息した。

舟の後部では、ぶつぶつとちいさな声でまだののしる声が聞こえる。くしゃみがたてつ

づけに三つ聞こえたのは、たしかに水夫たちのものだ。

寝るといったものの、寝つかれず、舟の舳《へさき》へこっそり這いだしたのだ。そこで、両膝をかかえて丸くなる。玉堂は気づいているかもしれないが、早く寝《やす》めと声をかけてくれるほど親切ではないから、こうして放心しているのに気がねはない。

（そして、蘇州を発《た》って鎮江で舟をのりかえて、ここまで来た）

舟の選択を少しまちがえたが、それもたいしたことではなかった。長江をさかのぼる舟は風に左右されるから絶対ではないが、この調子なら、遅くともあさってには鄂州に着くだろう。そうしたら――。

（希仁たちと合流するか、それとも）

このまま、殷玉堂と行動をともにするか。

玉堂が危険な男だとは、百も承知の上だ。油断をすれば容赦のない相手だということも知っているし、そのために夜昼ない緊張にさらされている。実のところ、その種の緊張には、孩子《こども》の頃から慣れているから苦にはならないし、まだ当分は緊張自体を楽しむ余裕もある。

だが、それがいつか途切れる時が来ることも、戴星は知っていた。玉堂たちが思ってくれるほど、戴星は大胆でも寛容でもないし、それを自覚するだけの知性も持っていた。

だからといって、希仁たちと合流するのも、どうしても納得ができない。逃げ出したうしろめたさや、ささやかな意地もこだわりもまだある。そういえば、あの范仲淹が危険な男と知りながら玉堂をつけて送りだしてくれたのは、いずれこの緊張に戴星が耐えられなくなって、希仁たちのところへもどるだろうとふんだ上でのことではないか——むろん、確証はないが疑って疑えないことはない。そうだとすれば、戴星はよけい意地をはりたくなってしまう。

（どうしよう——）

ふりあおいだ天に、星だけがまたたいている。

それを見ながら、戴星は旅に出てはじめて開封のことを思った。生まれこそ高いが孤児も同然の自分を迎え入れあらゆる手段をとって守りとおし、育んでくれた父と母のことを考えていた。顔もおぼえていない実母のことは、考えるだけむだだとわかっていた。

それから、包希仁と狄漢臣のことを考え、最後に杏仁型の大きな眼をした少女の笑顔を、ゆっくりと思いだした。

そういえば、別れてからこの方、人と喧嘩《けんか》をしていない。

今度会ったら、また喧嘩だろうなと思いながらも、何故か会いたくなっている自分に、戴星は少しおどろいていた。

星の下、全身に露が降りるのもかまわず、戴星はいつまでもそうやって座りこんでいた。

第二章　邂逅《かいこう》

「さあ、次はだれだい。腕におぼえのある奴は、だれでもかかっておいで。おいらに勝ったら、百文やるよ」

少し高い、よく響く少年の声が青天の下に広がった。

「ほらほら、そこの哥《にい》さん。運だめしに、おいらと腕くらべしてみないかい。たった十文払えばいいんだ。勝ったら、百文。十倍になるんだよ」

人だかりの中心にいるのは、若者だった。いや、身体こそ大人に近い背丈と幅だが、顔と髪型はまだ孩子《こども》のものだ。十三歳、せいぜい十五歳が上限だろう。衣装こそ一人前の武芸者だが、胸にはまだ長命鎖《ちょうめいさ》(子供のためのお守り。錠の形)が下がり、その上にさらに数珠《じゅず》をかけているという異装である。

かたわらには、少年より少し年長の少女が控えていた。杏仁型の黒目がちの瞳をしたなかなかの美少女で、安物ながら紅《あか》いはなやかな衣装をつけているのだが、鞘《さや》ぐるみの剣をかかえているのが、これまた不つりあいである。

だが、周囲をとりまいた人々がこの少年たちに声をかけそびれているのは、その姿かたちの異様さのせいではない。少年の口上につられて、勝負をいどんだ男たちが、苦もなくひねられこそこそと逃げていくのを、目の当たりにしたためだ。

ひとりふたりのことなら、まぐれということもあるし、男たちの方が弱すぎたのだで説明もつく。だが、少年にならともかく、少年と交替で立ち会った少女の方に完膚《かんぷ》なきまでにやられたのでは、言い訳もきかない。中でも、五人目はこのあたりでちょっとは名の知れた無頼のひとりだったし、そのあとに続いた連中も腕っぷしで劣る輩《やから》ではなかったのだ。

だが、

「なんだ、鄂州《がくしゅう》の程度はこのぐらいか。たいしたこと、ないじゃないか」

少年がつぶやいた時には、地面に投げ出された銭はゆうに二百文を超えていた。倒れた男を、仲間と思しき連中がひきずって逃げていく。人垣が割れたすき間から、眼下の城市《まち》の景色がひろがった。

――鄂州は、長江《ちょうこう》に漢江《かんこう》が合流するあたりに築かれた街である。古く漢の時代には夏《か》口《こう》と呼ばれ、漢末の戦乱の舞台ともなった。川の東岸の鎮が鄂州、西岸の漢江と長江との合流点に発展したのが漢陽《かんよう》である。二鎮の背後には、それぞれ、亀山《きざん》、蛇山《だざん》とよばれる小高い丘があり、周囲を一望できる。

このうち、蛇山の上にはかつて黄鶴楼《こうかくろう》と呼ばれる楼閣が建っていた。漢代には、城砦《じょうさい》の役目を担っていた建物だが、唐代には、著名な文人が立ちよっては宴をひらき詩を作る場ともなった。それにともない、楼閣の名も全国に知れ渡っていった。

だが、今、宋《そう》国の天禧《てんき》四年（西暦一〇二〇年）、鄂州の蛇山の上に建物の影はない。二本の川の合流点という地の利は、戦乱をもこの城市《まち》に招きよせることとなり、黄鶴楼もその間に何度も毀《こぼ》たれているのだ。庶民の家なら建て直すのも簡単だが、規模の大きい建物だけに再建には時間と費用がかかる。それでも黄鶴楼の名を惜しむ人々の手によってこれまた何度も再建されるのだが、また毀たれるということをくり返して、現在、街をみおろす場所には空き地の中に土台らしいものが残っているのみである。

ただ、見晴らしのよさとかつての名建築の跡をたずねて、人々の訪《おとな》いは絶えず、それをみこしての出店や大道芸人が現れるのは、規模の差こそあれ、どこの土地でも変わらない。

この異装の少年たちも、そういった大道芸を見せるひと組なのにちがいないのだが、とにかく強すぎた。

孩子《こども》と女とあなどって勝負を挑むおとなたちを、次から次に手玉にとってきたのだが、あまりの強さにぱったりと客が途絶えてしまった。これでは商売にならないと思ったのだろうか、

「つまらないなあ。そうだ、おいらに勝ったら、百文なんて吝嗇《けち》なことはいわない。この

銭、みんな持ってっていいよ。だから、もっと強い奴を呼んできておくれよ」

少年は、胸の数珠を鳴らしながら、悪戯《いたずら》っぽい眼でそんなことをいいだした。ほほの紅い、田舎っぽい実直そうな少年だけに、これが挑発だと感じる者も少ない。

「坊主、得物《えもの》はなんでもいいか」

その口上につられたか、それとも今来たばかりで事情をよく知らないのか、人垣をずいと分けてまたひとり、屈強そうな男が顔を出した。少年は、動じた風もなく、

「好きなのを持っといで。おいらは、素手だから」

「後悔するなよ」

「小父《おじ》さんこそ、負けたからって文句をつけないでおくれ。ごまかしなし、手抜きなしの勝負だからね」

「生意気な孩子《がき》だ。おまえこそ、怪我をしても知らんからな」

「命が惜しいなら、今のうちだぜ、豎児《こぞう》」

「おまえさん、よした方がいい。奴ら、この鄂州の顔役だ。場所代を払えと因縁をつけてきたんだよ」

とは、見物人の輪に近いところに立っていた少女にそっと、ささやかれたことばである。

「銭さえはらえば、それ以上のことはしないよ。おとなしく、払いな。でなけりゃ、弟さんが怪我をするよ」

「ありがと。でも、心配いらない」

と、少女は笑った。

「それから、あの子はあたしの弟じゃないし――それに、もう手おくれのようだわよ」

男の取り巻きたちにむかって、少年が辛辣《しんらつ》な返答を投げつけたところだった。

「用心棒をつれなきゃ外を歩けないようなお人相手に、負ける気づかいはないね」

これには、主人より取り巻きだか門弟だかの連中の方が青くなった。主人の方は、怒りと羞恥とで茹《ゆ》でたように真っ赤になった。

「よし、その棒をよこせ」

見物の物売りから、子供の腕の太さほどの天秤棒《てんびんぼう》を奪いとると、頭上で水車のようにふりまわした。

空気を切る音が、ごうごうと嵐のように聞こえる。これがまともに当たれば、骨の一本や二本は確実に折れるだろう。見物人のどよめきが波紋のように外へ向かって広がったが、その中心にいた少年だけが、しん、と静かだった。

「みせびらかしは、そのぐらいでいいかい?」

ひとしきり男が棒をふりまわし武術の型を披露したあげく、ぴたりと決めたとたんに、少年の声がすかさず飛んだ。男の顔がさらに紅く染まったかと思うと、

「この孩子《がき》、覚悟しやがれ!」

叫ぶなり、体勢もととのえていない少年にむかって、棒をふりかざした。

「孩子じゃないよ。おいらには、狄漢臣《てきかんしん》てりっぱな名前があるんだ」

「りっぱすぎらあ」

「そんなこと、おいらにいわれたって困るよ。自分でつけたんじゃないもの」

少年は抗議しながら、すずしい顔でひょいとその一撃を避けた。当然のことながら、勢いのついた棒は、激しく地面をたたくことになった。衝撃をまともに両手でうけて、男は一瞬、握力を弱める。

その隙を漢臣が見逃すはずがない。

片足で、ひょいと棒の端を蹴りあげる。左手でそれをうけとめると、端を持ってとんと突いた。

軽く突いたように見えたのだが、もう一方の端が男の鳩尾《みぞおち》にきれいにはいったから、たまらない。

鳥をしめるような声をたてて、男は目を白黒させたかと思うと、泡を吹いてぱったり大の字に倒れてしまった。

「なんだ。口ほどにもない」

少年のぼやきは、見物人の声調でもあった。

「もすこし、手ごたえがあると思ったのにさ。これじゃ、腹ごなしにもならないじゃないか。——おい、勝負賃の十文、置いていきなよ」

とは、主人をかついでこそこそと逃げ出そうとしていた、門弟たちにかけたことばだ。

十文とすこしあれば、都でも、酒と飯のちょっとした食事ができる。鄂州なら、物資も豊かだし物価も安いから、十文でゆうに一食分に足りるだろう。けっして高くはないが、踏み倒されるには惜しい金額だ。少年がこだわったのも、無理はない。

一方、すっかり面目をつぶされた門弟たちは、とっさに答えることもできず、おろおろとするばかり。それに気をきかせたつもりか、ただ無警戒なだけか、漢臣は、

「だったら、あとで届けておくれよ。おいら、帰元禅寺《きげんぜんじ》の近くの旅籠《はたご》に泊まってるからさ」

無邪気ににこにこと告げて、片手をひらひらと振ると、そのあたりに散らばっていた他の銭をひろい集めはじめた。

見世物はこれで終わりと知って、見物人も口々に不満をもらしながらも、三々五々散りはじめる。

その中に、先ほどの少女がぼんやりと立っているのを漢臣はみつけた。

「宝春《ほうしゅん》さん。どうしたのさ」

少年よりも小柄な背を、かるくたたくと、

「——え？」

「だから、ぼんやりして、何を見てるんだよ。帰るよ。師兄《しけい》もそろそろ、宿にもどってるころだからね」

そういって手の中の銭を、ちゃらちゃらと得意気に鳴らしたが、彼が誇っているのは今日の稼ぎの高ではなかった。

「師兄もいっていたけど、どこにでもいるもんだねえ、あんな奴ら。にぎやかな場所で見世物を開いたら、かならず因縁つけてくるんだもの。それがまた、かならず引っ掛かるんだからおかしくってさ。あれだけ恥をかかせておいたから、まちがいなく宿までおしかけてくるよ——何を見てるのさ」

少女の大きな杏仁型の眼は漢臣と話しながらも、眼下の景色——ことに、長江を行き交う船影にそそがれていた。

「今日も、現れなかったわね」

「だれが」

とは、漢臣は訊《き》かなかった。

彼らがこの街に来て、もう三日。あと、四、五日はここにとどまる予定になっている。李絳花《りこうか》という女について、調べるのに時間がかかっているのが、理由のひとつ。そして、順当に連絡がとどいていればやがて長江を上ってくるはずの白戴星を、彼らは待っている。

「そのうち、来るさ。あの人が、お母さんをさがすのをあきらめるはずがないだろ」

「でも、あたしたちのところへもどって来てくれるかしら」

「他に行くところがあれば、そっちへ行くだろうけどさ」

あてがあるはずがない。だから、来ると、漢臣は単純に断定するが、宝春にはそうは思えない。

「だって、金山寺から先だって、行くあてなんかなかったのよ。それでも、飛び出していってしまったじゃないの。杭州《こうしゅう》でだって、目の前であんな——。あれは、あたしたちの顔を見るのもいやだったってことじゃないの？　無事に生きてるって報《し》らせが入るまで、あたしがどんな気持ちだったと思う？」

くってかかられても、漢臣に答えられることではない。さすがに迷惑そうな顔をして、

「でも、公子《こうし》が目あてのものをつきとめたって話も聞かないじゃないか。いっちゃ悪いけど、あの人ひとりでどうにかなることだったら、師兄がとっくの昔にお母さんの生死も桃花源の場所もつきとめてるさ」

「——しっ！」

漢臣の声は大きい上に、よく通る。宝春もびくりとして、あわてて周囲を見まわした。

さいわい、見物人はみな散ってしまっていた。すくなくとも声のとどくかぎりで、こちらの会話に気づいた者はいないようだ。

ほっと胸をなでおろして、

「気をつけなさいよ。ここは、猿しかいない深山幽谷《しんざんゆうこく》ってわけじゃないんだから」

宝春は、歳上ぶって注意した。漢臣は、肩をひょいとすくめて笑った。

「宝春さんこそ、しっかりしてくれよ。なにしろ、素直にのこのこ顔を見せるようなおひとじゃないからね。人を集めて、その中からさがすって手筈《てはず》だろう。きちんと見てたのかい」

「見てたわよ。あんたこそ、見てなかったんじゃないの」

「そいつは、おいらの仕事じゃないもの。まあ、いいや。早く帰ろう。おいら、腹が減ったよ」

「さっき、あたしが勝負していた時に、振り売りから何か買って食べてたじゃないの。ちゃんと知ってるわよ」

「おいら、これから、もうひと働きするんだよ。その分を食べるんだよ」

「うまいことをいって。底なしなんだから、まったく」

「峨眉山《がびさん》じゃ、精進《しょうじん》ばかりだったんだもの。こんなにうまいものが世の中にあるんだから、食べられるうちに食べなきゃ、もったいないじゃないか」

幼いうちに蜀《しょく》の奥地の名山、峨眉山の寺の一空禅師《いっくうぜんじ》にひきとられ、そこで育ったという漢臣である。寺だから、肉気なしの精進料理ばかりを食べてきたわりには、体格も武術の腕も人なみ以上の少年なのである。ただ、十三歳という年齢の若さのうえ、山育ちで世間ずれしていないせいか、どこかのんきで誰に対しても淡白なところがある。

戴星の身と動向を案じる宝春には、その淡白さが冷淡としか思えない。

「あんたは、白公子のことより食べ物の方が大事なの？　あんたのご主人になる人なのよ」

いらいらと訊くと、

「そう決まったわけじゃないよ。たしかに師父《しふ》にはそう、命じられたけどね。でも、おいらにその気があっても、公子の方が断ってくるってこともあるだろ。そしたら、おいら、峨眉山にもどるより他ないだろうし、そうなったら、おいしいものも食べられなくなるじゃないか。だから、今のうちに食べられるだけ食べようと思ってるだけだよ」

いいながら、道ばたで買った包子《ぱおず》にさっそくかじりついている。無心に食べている彼につっかかる気も失せたのか、宝春はつんとふくれたまま道を急ぐ。

ふたりと包希仁《ほうきじん》が滞在している宿は、鄂州を形成する二鎮のうち、漢陽城の方にある。さっき、漢臣がいったとおり、帰元禅寺という古寺のすぐ近くである。本来なら、一空禅師の弟子の漢臣は寺に泊まる方が便利だし費用もかからないのだが、宝春を寺に泊めるわけにはいかない。それで、参詣の人々が利用する宿を世話してもらったのだ。

この漢陽は長江の南岸にある。さらにいえば、長江に流れこむ漢江の西岸にある。一方、ふたりが今までいた蛇山は鄂州——つまり、長江の北岸である。

宿に帰るためには、長江を渡る必要があるというわけで、渡し場までふたりは一気に降りてきた。

渡し場は、たくさんの船でこみあっていた。長江を下ってくる船。上る船。漢江と長江の上流下流をつなぐ中継地のひとつである鄂州の両岸には、大小さまざまの船がつながれていた。

長江を渡る舟は、その中では小さな方だ。十数人を乗せる舟は、定員近い客を乗せて今しも出ようとするところだった。

「待っとくれ、乗せておくれよ」

少年と少女が走りこむと同時に、艫《とも》の船頭がもやい綱を解いて、ぐいと竹竿《たけざお》で舟着き場を押した。舟は他の大きな舟の間を縫うように、漂いだす。川を渡るだけの舟だから、帆や日除けはない。川のやや上流から、流れを斜めに漕ぎ下れば対岸に着くから、人力で十分なのだ。

荷物を積んで上流へむかう船は、そうはいかない。見た目にはおだやかに思える長江の流れだが、その水量と流れの速さは、うかつに浸した手を持っていかれそうになるほどなのだ。この流れに逆らうには、よほどの力が必要となる。

その力に対応するために、この長江中流域ではもっぱら風の力を利用していた。気まぐれな東風を待ってとらえ、すかさず帆をあげ一気に上流をめざすのである。

ちなみに、もっと川幅が狭く流れの急な場所や川底の浅い難所では、両岸から綱を伸ばし人力で引いて上る。

いましも、帆をあげて上流へ出発しようとしている一隻の荷船があった。宝春と漢臣は、渡し舟の中から、なにげなくその船を眺めていた。

船の中央には、苫《とま》ぶきの粗末なものながら屋根と囲いがしつらえてあり、その前に女がふたり、たたずんでいた。ふたりとも質素ななりだが、ほっそりとした身体つきからみても船に関係のある者とは思えない。たぶん、便乗の客なのだろう。いそがしく働く水夫《かこ》の間で、いささか場ちがいなおもちで岸の方をながめていたのが、宝春たちの注意をひいていたのだ。

そのひとりがどうしたはずみか、渡し舟の方をひょいとふりむいた。髪の上からすっぽりと被《かぶ》った布が、川風にあおられて、面があらわになった。

「あ――」

声は、川風にさらわれた。

宝春が見たのは、そのくちびるの形である。化粧気のない顔が、みるみる青ざめていくのも見た。血の気がひくと、彼女の額から目のあたりにかけて、薄墨のような染みがひろがっているのがうきあがった。どこかで会ったような顔だと宝春が思い出す前に、彼女自身の口も、むこうと同じ形に開かれていた。

「まさか――」

「知ってる人かい？」

漢臣が、不思議そうに訊いたのも耳にはいらないようすで、

「史鳳姐《しほうねえ》さん――？」

ちいさく、つぶやいた。

「だれだって？」

「いいえ、東京一《とうけい》の花魁《おいらん》の姐さんが、こんなところにいるはずがない」

「よく似た、別人じゃないのかい」

「いいえ、まちがいないわ。でも……あの顔は――？」

宝春が声をかけるのをためらったのは、遠目にもわかる顔のよごれ方のせいだった。また、おそらく史鳳とおぼしい女がとまどいをみせているのも、そのせいだったように、漢臣の目には映った。

あきらかに、あちらも宝春を宝春と認めている表情なのだが、どう反応してよいか迷っているのだ。再会を喜んでよいものか、それともその顔を見られたことを恥じて姿を隠すべきなのか。

総じて、それは悲しい泣き笑いの表情になった。

そうこうするうちに、連れのそぶりの変化に、史鳳のとなりの女がふりむいた。すらり

と背の高い女だった。遠目にも、ととのった白い顔だちと、すっきりとした目もとがわかる美しい女だった。それが宝春を視界にいれたとたん、彼女もまた、先ほどの史鳳と同様の表情になったのだ。

「──妹々《めいめい》！」

見知らぬ女の口からほとばしった言葉は、風にさからって宝春のもとにとどいた。

「え？」

見知らぬ女に妹と呼びかけられて、宝春は一瞬、棒立ちとなった。

「なんだって？」

漢臣が虚をつかれたのは、宝春が口の中で何やらつぶやいたからだ。

「宝春さん、なんていった？」

「妹々、綏花《すいか》！」

『絳花姐々《こうかちぇちぇ》──！』

今度は、漢臣にもはっきりと聞こえた。宝春は、高くよく響く声でそう呼びかえしたからだ。

漢臣は、宝春と女の顔を見比べるばかりだ。

「妹々！……！」

女は船べりにかけよってなおも叫ぶが、ちょうど下流からの風をとらえたばかりの帆は、いっぱいにふくらんでいた。渡し舟の方も川の流れをつかんだところで、二隻の船はみるみる離れていく。

『姐々！』

高く、よくとおる声だった。風下にいる宝春の声は、たしかにむこうに届いたはずだ。

なおも呼ぼうと身を乗り出したところを、

「あぶない！」

漢臣の腕に、ひきとめられた。

「どうする気だよ。飛びこむ気かい。でも、あんたの力じゃ、流されるだけだよ。それに舟が転覆でもしたら、他の人に迷惑がかかるじゃないか」

舟の乗客は、彼らばかりではないのだ。それでなくとも、さっきから騒いだために相乗りの客たちの注目をあつめている。その視線が好意的なものでないのは、たしかめるまでもないことだった。

どちらにしても、人力で制御しにくい場所にまで舟は漂いだしていた。

腕力では、宝春は漢臣の敵ではない。立ち上がろうとするのを、少年は腕ずくでおさえつけた。

一方、むこうの女も近くにいる船頭にとりすがって何事か訴えていた。止めてくれと頼んでいるのだろうが、風まかせの船を相手にそれは無理な相談だったろう。

「宝春さん、どうしたんだよ、いったい。あの人も知り合いかい」

宝春の腕をきつくとらえて、漢臣がたずねると、不思議そうな表情がかえってきた。

「どうしたの？」

「どうしたじゃないよ。おぼえてないのかい。宝春さんの知り合いかいと訊いたんだよ」

「たしかに史鳳姐さんだったと思うけど」

「絳花姐々《ちぇちぇ》といったんじゃなかったかい？　もうひとりの人だよ。まさか、あの女が李絳花だったんじゃ――」

「あたし、そんなこと、言った？」

「言ったよ」

「しらない」

茫然とした表情で、宝春は船底に手をつき肩を落とした。

「おぼえてないわ、そんなこと。あの人の最後のことばは、わかったけれど」

遠ざかる帆をなすすべもなく見送りながら、宝春は口の中でちいさくつぶやいた。

「なんていったんだい」

「岳州《がくしゅう》（現在の岳陽）……って」

「なんのことだよ」

「岳州で待ってるって」

「聞こえなかったぜ」

「口のかたちよ」

旅芸人だった宝春は、舞剣の他にさまざまな特技を身につけている。もっとも、口の形が読めたのは、彼女の勘だろう。

「岳州まで——風の向きさえよければ、二日の距離だ」

夜にはどこかで仮泊するだろうが、明日には岳州に着く。一方、たとえば、明日の朝、宝春たちが鄂州を発てば、順風なら明後日の夜には着く。女が途中からひきかえしてくるよりは、確実に早く会える。しかし——。

「でも——あの人は誰なの？」

「宝春さんの姐々じゃないのかい」

「あたしに姉妹はいないわ」

「でも、姐さんて呼んだじゃないか」

「あたしは——あたしの知ってるのは、もうひとりの人の方よ」

どうやら、漢臣がふたりの女をとりちがえたらしいのを訂正しながら、宝春はなおも、上流に遠ざかる帆をくいいるように見つめていた。

「黒い顔の人かい」

いやそうに、宝春はうなずいた。

「どうする。岳州へ行くのかい」

「あたしには、わからない。ねえ、あたし、ほんとに姐々って呼んだの？」

「虚言《うそ》だと思うなら、この舟の人たちに訊いてごらんよ」

「あたし、どうしたんだろう。訳もわからないし、どうしていいかもわからない。白公子が来るまで、ここを発《た》つわけにはいかないし——。どうしよう。ねえ、どうしよう」

「とにかく——」

他人の目もあるところで、宝春に泣きつかれて、さすがの漢臣もたじたじとなりながら、

「師兄に相談しようよ。あの人は知恵者だもの、きっといい方法を見つけてくれるよ」


上流へ向かう船の上でも、ふたりの女が茫然自失の体となっていた。

「——宝春さんを、ご存知だったんですの？」

川風にはためく布で、顔の半面をけんめいに被いながら、ようやくつぶやいたのは史鳳の方である。一方、船ばたにすがりついて、今は川波のひとつにまぎれた渡し舟をにらみつけていた女は、

「宝春？」

不思議そうに、やっと視線を泳がせた。

「──あの娘を知っているんですか？」

「え、ええ」

「宝春というの？　たしかなの？」

「はい」

「では、あれは綏花ではないのね」

「綏花？」

今度は、史鳳が訊きかえす番だった。この女と行動をともにして、それほど日数が経っているわけではない。悪い男の手から逃れて、杭州からここまでの間、ともに旅をしてきただけだが、それにしても初めて聞く名だった。

「どなたのことですの？　絳花さん。そういえば、さっき、妹々《めいめい》と──」

「ええ、似ていたものだから。でも、あれが妹の綏花のはずがない。あの子が生きているはずがない。でも──」

李絳花と名のる女は、まだうしろ髪をひかれるように振り向いた。

「似ていたわ。生き写しだった。それに、気のせいかしら、姐々《ちぇちぇ》と呼んでくれたように思ったけれど」

「岳州で待つとおっしゃったのは、妹さんだと思われたからですの？」

「夢中で叫んでしまったけれど、聞こえたかしら。──あかの他人なら、来てくれるはずはないわね。でも、あなたを見て驚いていたわね。あなたの知り人なの？」

「え、ええ」

「だったら、教えて。どこの娘なんです。どういう子？　何故、綏花にあんなに似てるんです？」

史鳳が答える前に、

「——来てくれるかしら」

絳花は、再度、振りむいた。

さあ、と史鳳は首をひねるしかない。

陶宝春と知りあったのは、開封《かいほう》の料理屋の一室だった。事件に巻きこまれて逃げまどう宝春を、妹のような愛おしさを感じてかくまい世話を焼いたが、それも一夜のこと。次の朝には、宝春は白戴星、包希仁とともに、あわただしく都を発って、江南への旅に出た。

知っていることといえば、それだけだ。

二度と会うこともないと思っていた。しょせん、通りすがりの旅びとだ。むこうが記憶にとどめていてくれるとも思わなかった。だが——。

はからずも巡り会い、ああしてけんめいに名を呼ばれると、うれしさがこみあげる。と同時に、話をすることもなく別れてしまった無念さと、今の自分の身の上の情けなさが胸に迫ってきた。

銀子《かね》で色を売る妓女とはいえ、美貌と教養と、気の強さでだれからも一目置かれていた花魁の何史鳳《かしほう》はもういない。顔を、原因不明の病で汚され、多少は持っていた路銀も杭州の宿を逃げ出すときに失って、今はこの李絳花という女の庇護のもとでようやく生きている。

李絳花は親切だったし、窮地を救ってくれたことに感謝もしているが、謎の多い女でもあった。何故、縁もゆかりもない史鳳を助けたのか語ってくれないし、どこにむかって旅しているのかさえ明かしてくれない。ただ、顔を癒す方法を知っているということばだけをたよりに、従っている史鳳である。

（来てくれるだろうか――）

史鳳は、絳花と肩をならべていまは一本の水平線となってしまった下流を見やりながら、そう思った。

宝春の顔を思いうかべたはずが、いつのまにか、背の高い青年の顔になっていたことに自分でも気づかないほど、彼女はいつまでもいつまでも、ながめていた。

「希仁さん、希仁さん！」

「師兄！」

ふたりが口々によびながら駆けこんだ、宿の二階の部屋は、もぬけのからだった。

「まだ、帰ってきてないんだ」

漢臣が、ちょっと気抜けした声でつぶやく。宝春はといえば、すっかり息を切らしてしまってしゃべるどころではない。漢臣より勢いこんで帰ってきただけに、落胆もはげしく、床にへたへたと座りこんだまましばらくは指一本持ち上げられないありさまだった。

さすがにみかねて、漢臣が水を汲《く》んできた。

「今日は、師兄、どこへ行くっていってたっけ」

「県の、お役所で、書類を見せてもらって、それから、お寺を回るって」

宝春は、声をしぼりだした。

「この時刻まで帰ってないってことは、何かあったのかな。いつも、おいらたちより早く帰ってきて、遅いとかなんとか、小姑《こじゅうと》みたいにかならずお説教をする人がさ」

「だれが、小姑ですか」

「あれ、師兄、帰ってたのかい」

悪口の対象にいきなり背後に立たれても、漢臣は悪びれた風もない。

「とっくに帰っていましたよ。小姑みたいで悪かったですね。ご希望どおり、説教をしてあげましょうか。今まで、何をしてたんです。私より先に、午《ひる》に帰ってくる約束だったでしょう。心配だから、さがしに行っていたんですよ」

長身痩軀《そうく》の青年である。年齢のころは、二十二、三歳といったところ。白面《はくめん》の、いかにも生真面目そうな容貌だが、ほっとものの柔らかで春風のように眠そうな雰囲気も漂わせている。その分、腕の方はからきしだとうかがえるのは、漢臣と好対照を成していた。

藪《やぶ》をつついたかっこうになった漢臣は、首をすくめてそしらぬ顔をする。耳に痛い説教は、耳の右から左へ通りぬけさせようという構えである。これがいつもなら、そこをまた希仁に見抜かれて、ひとくさり説教をくらうのだが、今日は救いの神がいた。

「希仁さん、史鳳姐さんに会ったわ」

息がもどった宝春が飛びついたのだ。だが、希仁の反応は宝春の期待にそむいた。

「姐さん――？　宝春、君に姉さんがいたんですか？」

「何をいってるの、史鳳姐さんよ。東京の花魁の、何史鳳姐さんよ」

そこまで告げても、希仁は三呼吸ほどの間、反応しなかった。

「――ああ」

ようやく、ぽんと手を打って思い出したものの、

「それで？　その人が、どうかしましたか？」

頼りないことこのうえない。

「東京にいるはずの史鳳姐さんが、この鄂州にいたのよ。不思議だとは思わないの。どうしていたと訊かないの？　どこにいると、どうして訊いてくれないの？」

宝春はじれて、希仁の服の衿をつかまんばかりだ。その上へもってきて、

「ですが、落籍《ひか》されてきた人のことを尋ねても、仕方ないでしょう？」

とぼけたことをいうものだから、ついに宝春は泣き出してしまった。

「だれが、落籍されたっていったのよ」

一方、しごく当然の反応をしたつもりの希仁は、漢臣の方に救いを求めた。

「何がどうなっているのか、教えてもらえませんか。何史鳳姐さんと、どこで会ったんです。どうしていたっていうんです」

「その人かどうかは、知らないけどさ。さっき、渡しに乗って、隣の船を見てたらさ——」

長江の上で演じられた一部始終を、こちらは冷淡なほど冷静に語って聞かせた。宝春の、ほんの一瞬の不思議な言動も報告したが、聞き終わって、

「——その、ご婦人は、たしかに史鳳姐さんだったんですか」

希仁の興味は、まずそちらの方へむいた。

宝春は、まだ涙のたまった目に恨めしそうな表情をのせて、強情にうなずいてみせた。

「そして、隣にいた女の方が宝春のことを妹と呼んだ。宝春が姐々《ちぇちぇ》と呼びかえした——ま、これは呼びかけについ、つられたということも有り得ますから」

本人もまったく信じていないような気やすめを口にして、宝春の不安そうな目の色に笑いかけてみせた。

「そして、岳州で待っているといったと――。他には、何もいわなかったですか」

漢臣が、即座に首を横にふる。ふってから、宝春の方をうかがって、

「おいらには聞こえなかったけど――」

「宝春？」

「そういえば――はっきりとは聞こえなかったけど、でも、気のせいかしら。『綏花』といったように見えたわ」

見えたという言葉は、希仁は追及しなかった。

「――希仁さん？」

「杭州でのことでした。もう少しのところで李絳花らしい女に逃げられた時、もうひとり、身元不明の女がいたでしょう。役人の鼻先から、李絳花が連れて逃げていってしまった女が――」

「それが、史鳳姐さんだった？」

「杭州の役人の証言で、その身元不明の女の顔に、大きな染みがあったと聞きました。宝春の見た史鳳姐さんの顔も――？」

「ええ。最初、別人かと思ったわ。でも――じゃあ、やっぱり、史鳳姐さんだったんだ」

「そして、隣のご婦人は李絳花でしょうね、十中八、九」

落胆と歓喜とが、宝春の頬の上をよこぎっていった。

「そんなことって――」

もともと李絳花という女を追っていたのは、白戴星の生母、李妃の行方を知る人間としてである。宝春のさがしもとめている桃花源の謎とは、最初、無関係のように思われていた。だが、調べているうちに、そして事件にまきこまれているうちに、李絳花が宝春と戴星と、双方に関わりがある可能性が出てきた。

それを指摘したのは、包希仁である。桃花源をめぐる、南唐国《なんとう》、呉越国《ごえつ》と宋国との関わりからはじまり、宝春の身辺に出没する壺中仙の崔秋先が、かつて李妃を宮中から逃がしたと主張する事実を重ねあわせて、出した結論である。

むろん、推測にすぎない部分もある。途中から一行に加わって事情にうとい漢臣など、「こみいりすぎて、何度聞いてもわからないよ」とぼやくぐらい複雑怪奇な話であることは、希仁本人が一番よく知っている。

だが、ほぼまちがいないという確信があった。

李絳花を追えば、謎の、すくなくとも一部は解ける。ここ、鄂州まで来たのも、彼女のここ数年の足跡をたどってのことだ。

その李絳花と、目の前で行きちがってしまった。しかも、宝春自身がなぜか無意識のうちにとはいえ、李絳花と判別しておきながらだ。唯一の救いは、むこうから岳州で待つといい残したことだろうか。

追っていけば、桃花源と李妃の所在のどちらかはかならず、つきとめられるだろう。だが——。

「白公子が、まだ到着していないよ」

漢臣に指摘されるまでもなく、希仁もまず、それを考えていた。

「ここで待つと伝言を送っておきながら、おいらたちが待っていなかったら、あの公子のことだもの、今度こそ、どこへ行ったかわからなくなるぜ。公子がどうなろうと、あの人の勝手だろうけどさ。そしたら、師父に叱られるのはおいらなんだよなあ」

漢臣の嘆きは、あくまで自分に関することにとどまっている。

「ここまで来れば、の話だけれど」

と、宝春は、さらに悲観的だ。だが、

「鄂州までは来ると思いますよ。あの公子のことですから」

希仁は、自信たっぷりにいいきった。

「あたしたちが、公子を置いて先に出発してしまったのに？」

「先に行ったからこそ、来ると思いますけれどね」

——戴星の無事は、彼が六和塔《りくわとう》から行方をくらました翌日には、杭州知府に滞在していた包希仁たちに伝えられていた。伝えてきたのは、むろん、あの崔老人である。しかも、直接に姿はあらわさず、画の中から声だけで戴星は蘇州《そしゅう》で、范仲淹《はんちゅうえん》に保護されている旨を告げて去っていった。

突飛といえばあまりにも突飛な話だし、相手が相手だけに、宝春は頭から虚言《うそ》だと決めつけたが、希仁はあっさりとそれを信じた。

「白公子の無事は、あの老人にとって損になることではないですからね。おおかた、あの老人が細工だか術だかを使って、公子をそれとなく助けたんだと思いますよ。だから、恩着せがましく告げに来たんだと思いますし、これは信じていいと思います」

論理の通った判断をした上で、范仲淹からの報らせも待つことにした。

「妖術だのなんだのと説明しても、無駄なお人もいますからね」

杭州の知事・王欽若《おうきんじゃく》の手前、老人の存在は伏せておいた方が無難だと判断したのだ。それに、今すこしのところで姿を消されてしまった李絳花の、その後の足どりを調べる時間も必要だった。

そこまでは納得した宝春たちだが、戴星を待たず、迎えにも行かずに出発すると決めたのにはおどろいた。

漢臣でさえ、

「まずいよ、それは。居場所がわからないならともかく、はっきりとしてるなら、すぐにでも行ってとっつかまえないと」

猿か何かを捕まえにいくような言い方だったが、とにかくきっぱりと反対した。

「心配、いりませんよ」

「自信があるようだね、師兄。でも、師兄にだってまちがいってことはあると思うよ。やっぱり迎えに行った方がいいよ」

「迎えに行ったら、よけいに逃げますよ。あの公子が素直でないのは、郎君《きみ》にもわかるでしょう。そのくせ、妙に義理がたいし、意地っぱりなくせをして情にもろい一面もある。母君の捜索を途中であきらめるような人ではないでしょうから、私たちが手がかりをつかんだから先に出発したといってやれば、まず、自分を除け者にしたと拗ねて、それから意地になって追いかけてくるでしょうよ。まあ、私たちの目の前に素直に現れるかどうかは別として、鄂州ぐらいまでは来るんじゃないでしょうか」

このせりふをもし戴星が聞いていたら、みごとに見透かされたと知って、さらに意地をはっただろう。聞こえなくてさいわいだったかもしれないと、宝春も漢臣もほっと胸をなでおろしたものだ。

とにかく、戴星の無事がひとまず確認できたので、李絳花の捜索を優先することができた。知事である王欽若を、なかばおだて、なかばすかして捜させたのは、包希仁である。

相手はかつて一国の宰相までつとめた男だが、利に聡い王欽若は包希仁の敵ではなかった。

ここで協力しておけば、いずれ戴星が叔父のあとを継いだ暁には、かならず見返りがあるだろう。ことによっては、宰相に返り咲くことも不可能ではない。なに、都で現在、政治を牛耳っている劉妃一派に知れなければ、すむことだ。この好機をつかんでおかねば、一生、田舎の役人のままで朽ち果てることになる——。

もっとも、王欽若をまるめこんだあと、包希仁はこっそり苦笑して、

「むろん、すべてはあの公子が無事に都へもどって、おとなしく叔父君のあとを継ぐ気になったらの話ですがね」

つぶやいたものだ。

「なってほしくないみたいだね、師兄」

とは、隣であきれ顔で聞いていた漢臣である。

「とんでもない。そう聞こえましたか？」

「聞こえなくもなかった」

「たぶん、今、この世で一番、白公子を天命に従わせたいのは私のはずですよ」

「何故？」

「それが、文曲星《ぶんきょくせい》の役目ですから」

「ふうん。そんなものかなあ」

武曲星《ぶきょくせい》の降下した姿といわれている少年は、不服気に鼻を鳴らしたが、それについては希仁はとやかくいわなかった。

ともあれ――。

王欽若を動かし、杭州知府の役人を動員させて、李絳花、もしくは花娘と名乗る旅芸人のうわさと記録を集めさせたのは、包希仁だった。横紙破りは百も承知の上だが、

「非常の際ですからね」

と、平気な顔で、さらに旅の便宜まで王欽若にはからせて出発したのだった。

希仁には、読めていた。

彼らが出発すると同時に、杭州から開封へ使者がたてられるだろう。名目はどうにでもつく。だが、使者はまちがいなく劉妃のもとへむかうはずだ。

戴星の無事や居場所はむろん、希仁たちの動静まで細大もらさず報告がとどくにちがいない。

彼が戴星との江南での合流を避けたのは、実は、それが最大の理由だった。下手をすれば、戴星と宝春が一緒にいるところを襲撃される危険性がある。それが蘇州の范仲淹の屋敷であったりすれば、さらに迷惑がかかる。

戴星とともに蘇州で保護された殷《いん》玉堂が、劉妃からの刺客だったらしいとは、推察がついている希仁である。だが、戴星が進んで行をともにしたからには、すぐに生命の危険があるわけではないだろう――。もっとも、これは戴星の判断を信用したわけではなく、范仲淹がよこした書簡でそう断言していたからだ。

『――少なくとも今のところ、件《くだん》の漢《おとこ》に殺意はない。むしろ、殿下がうまく操ってみずからの護衛役に仕立ててしまっておられる』

達筆で書かれた文章の行間からは、苦笑がこぼれてくるようだった。

無事が知れれば、戴星があらたな危険にさらされるのは目に見えている。ならば、戴星の居場所はなるべく不明でいる方がいい。希仁たちですら知らないということは、それだけ彼らにとっても手がかりが少なくなるということだ。

行く先々の城市《まち》の役所にあてて、王欽若に紹介状を書かせ、役所の文書を内密に閲覧できるように手配させたのも、敵の目をくらます手段のひとつだった。

希仁たちの旅程は、王欽若に知れている。ならば、逆手にとって意味ありげな行動をとれば、こちらに注意をひかれる。少なくとも、敵の目標はふたつに分散する。うまくすれば、戴星の方にまで手がまわらないまま、済むかもしれない――。

希仁の食えないところは、それをただの見せかけだけで終わらせなかったことだ。

「何を調べてるのさ、師兄」

あまりの熱心さに、漢臣がたまりかねてたずねたことがある。ちなみに、寺育ちで経文も教えられたはずの漢臣だが、文字よりは身体を動かす方がはるかに得手である。宝春はといえば、書く方は自分の名程度、読む方もおぼつかないというありさまで、ふたりとも希仁の手だすけには到底ならなかった。

「南唐国の遺文《いぶん》がほしいんですよ。どんな断片でもいい」

「そんなものが、残っているのかい。滅んで四十年も経った国だよ」

「大きな城市――たとえば、都のあった江寧府《こうねいふ》（現在の南京）なら、大半は戦乱で焼けたはずだし、残りは宋の軍にごっそり持ち去られていますから、さがすだけ無駄でしょうね。でも案外、田舎にはそういったものが残っているはずなんですよ」

そういって、旅先の役所を虱《しらみ》つぶしとまではいかなくとも、かならず調べてから先に進んだのである。

希仁はあとのふたりには何も教えなかったが、収穫はあまりなかったようだ。それでも希仁は落胆した風もなく、ここが最後だといって、鄂州に着くなり知府に日参していたのである。

「実のところ、あまり期待はしていなかったのですが。鄂州は繁栄しているとはいえ、南唐国の版図《はんと》の、いわば辺地でしたからね。でも、ちょっとおもしろい物を見つけて帰ってきたんですが」

自分たちの都合だけを考えれば、このまま、李絳花らしい女を追って、すぐに岳州へむけて出発してもさしつかえないと希仁はいいだした。

「どちらにしろ、ここから先は岳州しか目的地はありえないんですから」

岳州は、長江中流域の城市である。有名な洞庭湖に面する町で、鄂州と同様、交通の要地として古来から栄えた町だ。

だが、希仁たちが目指すのは、洞庭湖からさらに沅水《げんすい》という支流をさかのぼったところ、武陵の近辺に、桃花源は存在すると東晋《とうしん》の詩人・陶淵明《とうえんめい》は記している。

それが真実かどうかは確証がないが、手がかりはそれだけだった。だが、今、李絳花と思しき女が鄂州に現れ岳州にむかったということは、その手がかりにひとつ、証明を与えたことになりはしまいか。

「だって、白公子は――」

「伝言を置いていけば、いいことですよ」

「そんな」

宝春は、ふたつの気持ちの間で板ばさみになっている。

李絳花とおぼしき女に妹と呼ばれたことに動揺し、相手を姉と呼びかえしたという記憶のないことに、足もとをすくわれるような思いをしている。その一方で、何史鳳の変わり果てた姿に、今すぐ飛んでいっていきさつを訊きたい衝動にもかられている。

だが、戴星が身辺にいないことに、彼女はいつまでたっても慣れなかった。

開封からこちら、彼女は何者かに絶えずねらわれつづけている。だが、その身の安全は狄漢臣がいるかぎり、ほぼ保たれているといっていい。戴星だとて武術の腕も気迫も人なみ以上ではあるが、漢臣の方がさらに上であるのは、初対面の時からはっきりとしていた。

そういう意味では、気まぐれで感情に流されやすい戴星より、漢臣がそばにいる方がはるかに安全だ。しかも宝春と戴星は、いっしょに旅をしているあいだ、一日に二度は口げんかをしなければ気がすまなかったのだ。

だのに、別れてみると、胸の中にぽかりと空白ができたようで、宝春は落ち着かなかった。どうせ、顔をあわせればまたけんかになるとわかっていても、いっしょに旅をしたかった。つっかかっても、漢臣では柳に風と受け流してしまって、けんかにもならないのが物足りないというのも、その理由のひとつだったかもしれない。

そんな、彼女のあせりを知らぬ気に、まず、漢臣が希仁に賛成した。

「わかったよ。待たずに行こうよ。でも、行くのはいいけれど、伝言ってどうするのさ、師兄。鄂州のお役所にでもことづけていくかい？」

それは無理だと、言外にいっている。役所など、戴星が一番、足をふみいれそうにもないところだ――ぐらいは、漢臣にもわかるのだろう。

「それとも、公子がかならず立ちよるところに、心あたりでもあるのかい？」

でなければ、伝言を置いても戴星の手にははいらない。だが、希仁はけろりとした顔で、

「そんなもの、ありませんよ」

「じゃ、どうするのさ」

「だれかに、公子を捜さずにはおれないようにしむければいいわけでしょう」

「と、いうと？」

「──師弟。表で、だれか、郎君《きみ》を呼んでいるようですよ」

突然、希仁は話題を変えた。

宿の正面は店舗になっていて、酒やちょっとした食事ができるようになっている。この二階の部屋からは中庭をはさんでいて、聞こえにくいが、その居酒屋兼帳場あたりでなにやら大声でわめきたてる声が流れてくる。

「あ、忘れてた」

ぴょんと、漢臣は立ちあがった。

「さっきの奴らだよ。十文持って来いといって、ここを教えといたんだけど、またやけに早く来たもんだな」

ぶつぶついいながら、あとをふりかえりもせずに出ていった。事情を知っている宝春がおどろかなかったのはともかくとして、希仁までが平然と少年を出ていかせた。のみならず、宝春に確認するような視線を向けたかと思うと、

「手加減してくださいよ」

けしかけるようなことを、漢臣の背中に呼びかけた。

「少し、その人たちに話したいことがありますから、合図したら適当なところで切り上げてください」

「わかってる」

「すぐに、私も行きます」

「早く来ないと、おいらのいいところを見逃しちまうよ」

元気いっぱいに、出ていった。

「さて――。では、支度をして、私たちも見物に行きますか」

「希仁さん。伝言をどうするか、まだ聞いてないわ」

ゆっくりと腰をあげる長身の青年を、宝春がむずかしい顔で止めた。返事は、やわらかな笑顔で与えられた。

「その伝言をたのみに、行くんですよ」

漢臣はいったん、宿の裏からこっそりと抜け出て、表へまわりこんだ。

正面の入口をのぞく前から、声がはっきりと聞こえる。

「――だから、こんな孩子《こども》が泊まっているだろう。それを出せといってるんだよ」

「困ります、そんなことをされては。皿を壊さないでください。お願いします」

泣きそうになって頼みこんでいるのは、宿の大伯《たいはく》（小僧）だ。漢臣と歳かっこうのかわらない孩子で、それと見た連中が、櫈《ながいす》だの卓《つくえ》だのを蹴たおして、やりたい放題をしているのだ。宿の主人の声が聞こえないのは、いち早く逃げてしまったからだろう。それでいて、きっとあとで大伯の責任を追及するのに決まっている。

「てめえ、うちの旦那を怒らせて、明日からここで商売が続けられると思うなよ。自分たちの身が可愛かったら、さっさと孩子《こども》を出せ。ここに泊まってるのはわかってるんだ」

漢臣たちがけんかを売った相手は、土地の顔役のひとりだとわかっている。それにしても、子供相手にすごんでみてもはじまらないだろうにと、漢臣は思うのだが、彼らは自分より弱い者に対してならいくらでも強気に出られる類の人間のようだった。

「――やめなよ。大人気ない」

外から声をかけると、内部の喧騒がぴたりと止まった。

「いたぞ！」

髭《ひげ》づらもいかめしい男たちが、漢臣めがけて殺到してくるのを、少年は両手を大の字に広げて阻止する態度に出た。意表をつかれて、男たちは漢臣の前でぴたりと止まってしまった。頭数は、七、八人と、先ほどとたいしてかわらない。人相の悪い顔の中に、ついさっきの黄鶴楼でも見かけたものを幾人か確認してから、漢臣はにやりと笑った。

「十文、持ってきたかい？」

さすがに白昼、刃物を持ってくることはできなかったらしいが、薪《まき》ざっぽうのような棍《こん》棒《ぼう》を腰帯にたばさんでいるのは、見てわかる。見るからにけんか腰の彼らにむかって、これは、はた目にも間の抜けた質問だった。

はたして、男たちを、かえって激昂させてしまったにもかかわらず、平然とした態度を崩さず、

「豎児《こぞう》！」

「持ってこなかったのかい。そういえば、あんたたちの親玉はどうしたのさ」

わかっていることをわざと訊いてから、

「ああ、恥ずかしくって表も歩けないから、かわりにあんたらをよこしたってわけか。でも、約束は約束だからね。きちんと払ってもらうよ」

漢臣はにこにこと、無造作に手を出した。それが、ひどく無防備に見えた。

隙ありと見たのだろう、先頭にいた男がなにかをにぎったふりをした腕を、やはりさしのべてきた。漢臣の手が触れるところまで持ってきて、いきなりぐいと手首をわしづかみにした。

捕らえておいて、なぐりつけようと思ったのだろう。だが、それを漢臣が十分に予測して、用心していたとまでは思うまい。

つかまえたと思った瞬間。

男の腕は逆にしっかりとつかまれ、ひとひねりされていた。

少年の胸の木の数珠が、じゃらりと鳴った。

何が起こったか、見ていた者は無論のこと、当事者本人ですら、背中が地面にたたきつけられ砂煙がたつまで気がつかなかった。そして気がついた時には、鳩尾《みぞおち》にとどめの一撃をくらい、そのまま気を失って最後まで目覚めなかったのである。

「あぶないなあ」

少年は、にこにこと笑いながら立ち上がった。

「なんだ、あんたたち、銭を持ってきたんじゃなかったのかい。それならそうといってくれなけりゃ、宿の人たちに迷惑がかかる。外に出ておくれよ」

この旅籠は、寺のすぐ近くにある。このあたりは役所にも近く、客筋も参拝にきた老人や役所にかかわりのある人間が多い。比較的所持金に余裕のありそうな分、腕力のない連中ばかりである。巻き添えをくって怪我でもする者がいては気の毒だから、立ち回りは往来でやるように、というのが希仁の指示だった。

――つまり、このけんか沙汰《ざた》も、希仁の計算ずくなのである。

相手は、病弱で意欲のとぼしい帝《みかど》をおしのけて、国政を手中にしようと望む劉妃一派である。地方の城市《まち》や鎮から情報を吸い上げることなど、たやすいはずだ。ならば、それを逆手にとり、行く先々で目立つ騒動をひきおこして自分たちの存在を印象づけてやればよい。

存在が目立てば、当然、劉妃の関心も希仁たちの上に集まり、戴星の方は手薄になる。

しかも、その土地土地で、関わりのない人間たちにも記憶を残していける。夜のうちに襲われたり、どこかで行方不明になっても、すべての人間の記憶を消せない以上、自分たちの身の上に何事か起きた痕跡や証拠をどこかに残しておける。

ある意味で捨て身のような策だが、万が一の事態を想定した場合、これぐらいの用心は必要だと、希仁は思ったのだった。

ちなみに、漢臣が売ったけんかに負けることがあるとは考えていないところが、希仁らしいところである。

「仮にも、武曲星ともあろうものが、田舎の無頼子に負けるはずがないでしょう」

そういって笑われれば、漢臣とてひっこみはつかない。それでなくても、寺育ちのくせに暴れることはきらいではないから、おもしろがって土地の無頼にわざと隙を見せては、たたきのめしてきたのだ。

「さ、どこからでもかかってきな」

人通りもまばらな往来へすたすたと出て行き、くるりとふりかえって手招きした。子供っぽい仕草が、相手の癇《かん》にさわることは百も承知の上である。その挑発にのった男が数人、一斉に少年めがけて殺到した。

たとえこの少年が鬼神のように強いとしても、腕は二本、足も二本だ。同時に数人がかりでいけば、叩きのめせないことはないと思ったのだろう。だが、漢臣の修行を積んだ目は、彼らの呼吸のわずかなずれさえ見逃さなかった。

最初に正面から伸びてきた拳《こぶし》を、左手の掌でぴたりと受け止めると、その手を軸にして左脚を蹴り上げる。ひとりがその動きで脚をすくわれて倒れ、ふたり目は腹に膝で蹴りを入れられて、その上に折り重なる。

たしかに、漢臣には腕も脚も二本きりかもしれないが、その計四本を最大限に動かす術を心得ていた。しかも、掌も拳も肘《ひじ》も、膝、踵《かかと》、爪先も、武器にならない部位はない。そのくせ、身体全体は柳のようにしなやかで、風のような速さで動くのだ。

薪だか棍棒だか知らないが、漢臣の手にかかればそれも、遠くへはじきとばされるか叩き落とされるか、それともたくみに奪い取られて、逆に殴られるかだった。

そうして、少年が腕や脚の間をかいくぐっている間に、男たちはひとりふたりと決定的な一撃をくらっては、立ち上がれなくなる。

一陣の疾風が舞っているような錯覚さえ起こしそうだった。偶然、店に居あわせていた数人の客たちが、いったん身を避けた場所から顔を出して、やんやの喝采《かっさい》さえ送りはじめる。

「――さすがは、武曲星だ。加勢の必要はなさそうですね」

とは、今ごろ帳場の奥から出てきて、一等席で見物を決めこんでいた希仁のせりふである。

もちろん、腕力で加勢しようという意味ではない。それがわかっているから、宝春もあきれた顔もせず、

「でも、長引くと面倒だわ」

うながした。

「そうですね。では、そろそろ——漢臣！」

声をかけると、

「もう、いいのかい？　これじゃ、腹ごなしにもならないよ」

いいながら、漢臣は首をひと振りした。胸の数珠が、まるで生物のように首からざらりとはずれ、少年の手に収まる。と思うやいなや、これまた蛇かなにかのようにするすると伸びて、ひとりの男の猪首《いくび》にからまった。

そのまま、ぐいと引くと男は抵抗すらできず、あおのけざまにころがった。少し肥《ふと》り肉《じし》だががっちりとした体格の男である。一同に指示を出していたのが彼であるのを、漢臣はめまぐるしく動きながら見極めていたのだった。

「やい」

男の厚い胸板の上を、漢臣の黒い布沓《ぬのぐつ》が踏みつけた。軽く乗っているだけのように見えるのに、男はうめき声をあげるだけでびくりとも動けない。とんでもない人間を相手どったことに、ようやく気づいて、脂汗を流す彼に漢臣は、

「十文」

手をさしだした。

「出す、出すから、喉《のど》をゆるめてくれ」

男は、豚の悲鳴のように高い声をあげた。

「最初から、素直にそういえば、痛い目をみずにすんだのにさ」

いいながらも、漢臣は数珠をゆるめようとしない。逆にぎりぎりと締めあげながら、

「それから、旅籠の物を壊した分も弁償してくれなけりゃ」

「そんなもの、知るか――」

声が途切れたのは、喉がさらに締まったからだ。さんざん漢臣に痛い目を見せられた手下たちが、律義に親玉をとりかえそうとする気配を見せた。が、漢臣の脚に少し力がはいったかと思うと、魂消るような悲鳴が男の口からほとばしる。

「気をつけなよ。もうちょっとで、臓腑が破れるからね」

にこにこと笑っているだけに、不気味さは増す。手下たちは青い顔でたちすくみ、男は短い首を懸命に動かして、哀願の態度を表明してみせた。

「じゃ、払うんだね」

すこし、数珠がゆるんだ。

「……荷包《かほう》の中に」

と、腰のあたりを示した。荷包とは、金入れのことで、帯にはさんで腰にぶらさげるようになっている。男の荷包は、横たわった身体の下じきになっていて、漢臣の位置からは見えなかった。たしかめるために、少年は身体を少しかがめた。自然、その脚の力がゆるむ。隙をねらっていた男は、すかさず両手で漢臣の脚首をつかんですくいあげようとしたが、自分の首の数珠を再び締められ、悲鳴とともに手を離した。

「莫迦《ばか》だねえ」

漢臣は、脚を移動させて男の片腕を押さえると、

「とっておくれよ、希仁さん」

うながした。

騒ぎをききつけた観衆も少なくない中を、希仁はすました顔で出てくると、男の腰から脂によごれた金入れをとった。

「まず、十文。それから——ここの損害はいかほどになりますか？」

物陰からおずおずと顔を出した宿の亭主に、尋ねた。

「さあ、榥《ながいす》だの碗だので、しめて三百文ぐらいももらえたら——」

「てめえ、でたらめぬかすなよ。後がおそろしくないのかよ……痛てて」

いかにも抜け目なさそうな亭主が、あきらかに金額をふっかけているのを知っていながら、希仁は知らぬ顔をしてうなずいた。あとでもめるにしても、自分たちには関係のない

ことだ。

「では、三百十文——でも、どうも半端な金額だし、今から両替にいくのも面倒ですね」

荷包の中には、銀錠《ぎんじょう》が一個、入っていた。

「どうです。この際、これをそっくり私たちに貸してくれませんか。ちょうど、少し旅費が心細くなっていたところなんですよ」

「貸せだと」

意外な申し出に、男は目を白黒させた。

「ええ。貸していただきたい。ただし、私たちはたった今から岳州へむけて出立しますので、すぐにはお返しできません。そこで相談なんですが——」

往来の真ん中で、希仁は紙と筆をとりだして、さらさらと何か書きつけていたが、

「私たちの知人が、まもなく鄂州に来る手筈になっています。路銀は十分、持っているはずですから、その人から返してもらってください。この信書を渡してもらえば、子細はわかるはずですから」

「そんな、あてにならねえ話——」

承知できるかといいかけて、あわてて喉のあたりに手をやる。さいわい、漢臣は青年の方を呆れ顔で見ていて、手もとは留守になっていた。

「さすが、師兄だね。たいした悪知恵だ」

そうして、けらけらと笑いだした。宝春もようやく、子細がのみこめたらしく、鈴を鳴らすような声を合わせた。

長身の青年だけが、いやな顔をして、

「頼むから、その、悪という文字はとってくれませんか」

「でも、白公子がこの話を聞いたら、やっぱり同じことをいうと思うよ。なんなら、賭けてもいい。何を賭けようか」

寺育ちとは思えないことを漢臣はいいだしたが、もう希仁はとりあわなかった。

「──とにかく、白戴星と名のる公子をさがしてみることです。それでなければ、殷玉堂という漢を」

「白公子に、殷玉堂、だな」

「ええ。私たちはしばらく、岳州にいると思いますから、訪ねてきてくれれば銀子《かね》は返すと伝えてください。では、行きますか」

銀塊をふところにすると、希仁は自分の物入れの中からいくばくかの銭を、宿の亭主に渡した。おそらく、宿代にしてはいくぶん多目に渡したのだろう。亭主の腰が目に見えて低くなるのを、ふりむきもせずに、

「行きますよ」

宝春が、わずかな荷物を持って歩きだす。その手から、人の背丈ほどの棍をうけとって、

希仁が漢臣へ放りなげてやる。

そこではじめて、少年は数珠を男の首からはずした。

軽い音をたてて、数珠は少年の胸にもどる。とんと、長棍を突いてみせたのは、威嚇《いかく》のつもりだろう。

跳ね起きかけた男が、反射的に亀の子のように首をすくめたすきに、少年はとっとと希仁たちの後を追った。

「──お、おぼえてろよ」

と、男が叫んだのは、背丈のちがう三人の影が、道を曲がって消えたずっと後のことだった。

第三章　内間《ないかん》

「──生きている？」

至急、内密にと届けられた兄からの書簡を見たとたん、劉妃《りゅうひ》は顔色を変えた。

「そんな、莫迦《ばか》な」

くちびるがかさかさと震えはじめるのを、劉妃は自覚した。厚く塗った紅の重さまで感じるのは、相当にうろたえている証拠だ。そこまで自覚できるのに、胸の奥がずきりと冷たく冷えていくのを、彼女は止めることができなかった。

「莫迦な。そんなはずがない」

呪文のようにくりかえしたのも、無理はない。憎い相手は、六和塔《りくわとう》の上から銭塘江《せんとうこう》へ転落して行方知れず、おそらくは十中八、九落命したものと思われる──そう、報告がもたらされたのは、ほんの数日前のことなのだ。杭州《こうしゅう》知事の王欽若《おうきんじゃく》が知らせてきたと、彼女のもとに兄である劉美《りゅうび》がみずからやってきて、そう教えてくれたのだ。

その忠義づらと、暗に要求していることはかたはら痛いが、この吉報に免じて、機会を見て早いうちに都によびもどしてやりましょうかと、兄は笑ったものだ。その舌の根も乾かないうちに、正反対の事実をもたらすとは、どういうことだ。

劉妃はまず、兄を深く恨んだ。

こんな短い書簡で知らせてよこしたのも、面目を失うことよりも妹の怒りを恐れてのことだと彼女には推測がつく。それだけに、兄の小心さが情けなくもあり、なおさら腹立たしさをかきたてた。

(兄上ともあろう方が、なんというぬかったことを。それに、王欽若め、あのようなでたらめを申すとは、八つ裂きにしても飽きたりぬ)

劉美のせいではないし、これは王欽若の罪でもなかろう。彼らは、ありのままの事実を報告してきただけなのだ。戴星の生存は彼らとて後から知ったこと。王欽若だとて、狼狽《ろうばい》はしたにちがいない。だが、報告しなければそれですむものではなく、おそらくは決死の覚悟で使者をおくってきたのだろう。

だが、理性で考えればそうなのだが、ぬか喜びさせられただけに、劉妃の怒りと落胆には激しいものがあった。

しかも——。

「娘子《じょうし》(女性に対する尊称。皇后)、そろそろ、おでましくださいますよう。一同、うちそろって、お待ちしております」

御簾《みす》の外からの侍女の声に、劉妃は青ざめたくちびるをきつく噛んだ。

「すこし」

かすれた声に、自分でぎくりとする。

「今、少し、待つように」

「お風邪でも召されましたか。お声が――」

「い、いえ――」

「お薬湯でも」

「いえ、要りません。来なくてよい。すぐに行く故――」

御簾を上げてはいってこようとする侍女を懸命に制して、劉妃は深呼吸を無理にくりかえした。息を吸いこむたびに、胸の瓔珞《ようらく》が微《かす》かな音をたてた。顔色が悪いことは、鏡を見るまでもなく自覚している。だからといって、そうと他人に指摘させるわけにはいかない。全身を皇后の正装で着飾った姿が、今ほど重荷に思えた時はない。これほどに動揺している時に、大勢の人の前に立って、礼を受けねばならないのだ。たとえ相手が、皇族の女性たちであろうと――いや、だからこそ、弱みを見せるわけには絶対にいかない。

そこへ、先ほどとは別の侍女の声で、

「娘子。皆さまが、お誕生祝いを申しあげたいと――」

「わかっています」

くどいとばかりに、たたきつけるように返事をすると、わずかではあるが自信がもどってきたような気がした。

「今、すこしというのが、待てぬのですか。ならば、皆さま方におもどりいただくがよい。妾《わらわ》はかまわぬ」

はったりでも、声を荒らげて告げると、身体がどっしりと安定してくるように思えた。くちびるの震えも手のこわばりも取れる。その手を、ぎゅっと爪がくいこむほどに握りしめる。痛覚が劉妃をふるいたたせた。

「――あの、わたくしが悪うございました。お許しを、どうかご容赦を」

侍女が懸命に許しを乞うのを、

「よろしいでしょう。はいって来て、手伝っておくれ」

鷹揚《おうよう》に応じてやれる余裕も生まれた。

頰紅を少し濃くして顔色をおぎなったものの、宴の席に姿をみせた劉妃は、だれが見てもいつものとおり、尊大な皇后陛下だった。

「僭越《せんえつ》ながら、一同になりかわりまして、娘子のお誕生日をお祝いいたし、ご長命をお祈りいたします」

着飾った貴婦人がずらりといならぶ中、最初に劉妃の前に進み出て祝詞をのべたのは、小柄な女性だった。

「ありがとうございます、狄妃《てきひ》さま」

劉妃も微笑で応《こた》えながら、すばやい視線で相手の様子をうかがったのは、直前の書簡のせいである。

狄妃――通称を八大王《はちだいおう》ともいう商王《しょうおう》・趙元份《ちょうげんふん》の正室、つまり、劉妃にとっては兄嫁にあたる婦人である。そして、劉妃が殺してやりたいと思った相手、八大王の長子・趙受益《ちょうじゅえき》の母――ということに表向き、なっているのが、彼女なのである。狄妃は、劉妃の鋭い視線など知らぬ気に、にこやかに優雅な一礼をしてみせた。

兄弟同士の順からいえば、狄妃の方が嫂《あね》にあたる。だが、劉妃が帝《みかど》の皇后であるかぎり、兄嫁といえど臣下の立場であることにはかわりがない。狄妃にかぎらず、今日、この席にいるどの女性よりも、劉妃は身分が高い――ということになっている。

裕福ではあったが、位も門閥の後ろだてもない庶民の娘が、皇族や貴族として生まれた女性たちから頭をさげられる身分に成り上がったのだ。この数年、劉妃が得意の絶頂にあったとしても、それは無理のないことだった。そして、その地位を守るためには、手段を選ばなくなったとしても――。

もっとも、目の前の狄妃も唐から続く名家の出とはいえ、決して高い身分の娘だったとはいえない。宮中にはいった時も、とりたてて美貌をうたわれたわけでもない。八大王が正妃に狄千花《せんか》を選んだのは、彼女がだれよりも聡明であったからだと、八大王自身が公言しているほどである。

だが、その選択は正しく報われたといってよいだろう。狄妃は、いろいろな意味において、劉妃の対極にいるような婦人だった。

女性にしては背が高く、ふっくらと華やかな顔だちの劉妃に対して、小柄な狄妃は年齢より若く見えた。その意味で狄妃は、かつて劉妃が抹殺した李妃《りひ》の方に似ていたかもしれない。劉妃の侍女あがりだった李妃は、もっとほっそりとはかなげで、微風にも散りそうな風情があったが。

狄妃は、李妃ほどに美しいわけではない。だが、三十歳もはるかに過ぎ、数人の子を産んでいる上、今日は特に劉妃に気をつかって色も装飾も抑えた衣装をまとっているにもかかわらず、少女のおもざしさえみせる不思議な雰囲気を持っていた。意思の強そうな、だが、たえず微笑をふくんだ黒い瞳が、劉妃の視線を一瞬はねかえして、にこりと笑った。ずきりと、また劉妃の胸の底が冷えたのは、心にやましいことがあったからにちがいない。

（妾に、良心などあるものか。そんなものは、とっくの昔に捨ててきた。捨てなければ、今ここに、こうしていられなかった）

病弱で意欲にとぼしい帝は、劉妃とその一派が政《まつりごと》に関心をもったのをかえってよいことに、そちらに仕事をあずけて、遊興の方に熱心である。正式に劉妃が摂政に任じられたわけではないし、直接、朝政を聴《き》くわけでもないが、実質的にはすでに実務は彼女の手に握られているといってよい。

劉妃の摂政に反対を唱えている者もいないではないが、その急先鋒だった寇準《こうじゅん》は先日、口実をこしらえて失脚させることに成功した。今ごろは、配流先《はいる》の雷州《らいしゅう》（現在の広東省海康付近）にむけての旅の空だろう。旅先で何が起きるか、配流先の環境がどれだけ劣悪かは、知ったことではない。六十歳を超える寇準の年齢も考えると、無事に都へもどってくることは、万にひとつもありえない。

老宰相の寇準を信頼していた帝には無断の措置だったため、劉妃たちは、帝がどう対応するか——連れもどせと迫ってくるのではと身がまえていた。だが、事後の報告を聴いた帝は、

「姿が見えないと思っていたら、そうであったか」

のひとことと、嘆息ひとつとで事を片づけてしまったのである。

「娘子たちの判断ならば、よもやまちがいはなかろう」

というのが、その根拠だった。

寇準もあれでは報われまいと、冷笑まじりに劉妃は思ったものだ。

（今の妾は、なんでもできる。力がこの手にあるうちに、権力を固めてしまわねばならぬ。万が一、生きて無事に戻ってきたら――）

たとえ、李妃がやはりこの世の者でなかったとしても、八大王の公子《こうし》が生きてもどってくれば、彼女の罪をあばかずにはいないだろう。

（なんとしても――たとえ、妾が手を下してでも。この宴が終わったら、すぐにでも雷允《らいいん》恭《ぎょう》か兄上を呼んで、手をうたねば）

次々と進みでる貴婦人たちからおのれの誕生祝いの祝詞をうけながら、厚い化粧に隠した下で、彼女はそこまでの決心をつけていたのだった。

その心の動きを、どこまで読んでいたかはわからない。ただ、宮城の奥の御園での園遊の形をとった宴がはじまってまもなく、劉妃が休もうとはいった亭《あずまや》に、先に狄妃が来ていたのは、はたして偶然だったのだろうか。

「――あら、これは」

劉妃の姿をみとめて、すぐに立ちあがりはしたものの、その落ち着きぶりを劉妃はまずうたがった。もっとも狄妃は、どんな場合でもうろたえたことがないとの評判の主だったが。

「気がつきませず――失礼いたしました。ご休息でいらっしゃいましょうか。あら、でも、お世話をする者がひとりもいないとは、どういうことでしょう。これ、だれか――」

軽い酔いを醒ましに来ていたといった風情の狄妃が声を上げるのを、劉妃はあわてて制止した。

「よろしいのです、狄妃さま。妾は少し、静かにしていたかったものですから」

侍女や宦官《かんがん》たちは、この亭の手前で追い返した。ひとりで、今後の方策を考えたかったのだ。が、それを正直に口にできないのは、当然のことである。

「お加減でも?」

「いいえ、少し酔ったようです。ここしばらく、書面など見て静かに過ごしていたものですから、にぎやかな場所に出るとよけいに」

「それは――。お疲れなのでございますね。ならば、わたくしもこれで失礼いたしましょうか」

うまいい回しで、そう訊《き》いてきた。だからといって、邪魔だから行けと命令はしにくいことを承知で、訊いたにちがいない。かたはらいたく思いながらも、劉妃は狄妃に掛けるように手ぶりで命じた。

「よろしいの。しばし、話し相手になってください」

言われて、うれしそうに笑った狄妃は、まるきり少女に見えた。

「では、遠慮なく。あらためまして、娘子におかせられましては――ほんとうに、おめでとうございます」

後半のことばをわざと、少しくだけた口調で狄妃は発言した。八大王もその正室も大嫌いで顔をあわせた機会は少ないが、聡明さをみこまれたという狄妃が礼節にはずれた物言いをしたところを、劉妃は今まで見たことがなかった。

ほんとうに酔ってふと隙がほころび出たのだろうかとも、劉妃は思ったが、さすがに即座に信じることまではできなかった。

狄妃は、そんな相手の思惑など知った顔ではない。

手にした、薄絹を張った扇をゆるやかに動かして微笑んでいる。その笑顔から邪意を汲みとるのは無理だろう。もっとも、劉妃だとて、他人のことをいえた義理ではないのだが。

「近頃は、あまり大家《たいか》（皇帝をさす宮廷ことば）の御顔を拝する機会がなく、八王爺《はちおうや》がさびしがっておられます。大家のご加減は、いかがにございますか？」

八王爺とは、いうまでもなく狄妃の夫のことである。彼女のいうとおり、八大王と帝とは皇族の兄弟にしては仲の良い方で、始終、往来があった。最近、病気がちということで、帝は八大王の前は無論のこと、廷臣たちの前にも姿をあらわしていない。

それを不満に思い、また劉妃一派が勢力を伸ばしつつあることに不服を抱く者の存在があることを、劉妃は承知している。だから、狄妃のこの言葉に思わず身がまえ、批判がましいことをいいだしたら容赦なく反撃を加えようとした。

だが、小柄な八大王妃は少しうつむき、唇《くち》もとだけで思わせぶりに笑って、意外なことをいだした。

「わが家も、大公子《だいこうし》（長男）がながらく体調がすぐれず、屋敷内にひきこもっております。いっそのこと、地方にお移りいただいて、養生おさせした方がよいと申す太医もおりますの。でも、仮にも八大王家の子息を、大家のお許しもなく都から遠ざけるわけにもまいりませぬし――。いかがなものでございましょう。娘子のお情けをもって、お許しいただけるよう、お口添えをお願いできぬものでしょうか」

なめらかな口調は、底意がかくされているとは思いにくいほど明るかった。

劉妃は意表をつかれて、まじまじと狄妃を見直した。

大公子――受益《じゅえき》という名の長子は、変名を使って、とっくの昔に都を離れている。それを、狄妃たちがひた隠しにしていることも、劉妃は知っている。知らないとでも思っているのだろうか、この女は。何をいまさら、しらじらしいことを。

「あの、かないませんでしょうかしら」

「いえ――ですが、八王爺の少爺《しょうや》（若君）といえば、大家も、できれば、ゆくゆくは世子にお迎えしたいと仰せになった御子《みこ》」

劉妃は、胸の底が黒く焼け焦げていくような感触をおぼえながらも、なにげない顔でその言葉を口にした。

わが子が生きていれば、八大王の子が彼の子であろうと、帝の子であろうと、問題にならなかったのだ。

「八王爺にも、狄妃さまにとってもご鍾愛《しょうあい》の御子でしょうが、大家にもいたくお気にいりの由。そう簡単には、お許しは出ますまい。おそれ多いことながら、万が一のことがあった場合に、間に合わぬところにおられては少爺にとってもなにかと、不利。それで、狄妃さまはよろしいのですか」

「実を申し上げてしまいますと」

突然、狄妃がぐっと声をひそめた。その視線の油断のない目配りに、劉妃はまた、ぎくりとする。

この女、何をいいだすのだろう。

「ご存知のことかとは思いますが——大公子は、わたくしの所生ではございませぬ」

顔色が変わるのを、劉妃は感じた。こんなところで、この女は妾の罪を告発するつもりなのか。だが、何ひとつ証拠はない。最大の証拠というべき李妃の子は、都を不在にしているのだ。

あちらが何かいいだしたなら、こちらはそれを持ち出せばいい。すくなくとも、受益の立太子の可能性はそれで皆無となる。

だが、狄妃はすずしい顔で、

「あの時は、わたくしも驚きましたのよ。突然、八王爺に、婢《はしため》にみごもらせたものだといって嬰児《あかご》を見せられた時は。それはもう、頭にかっと血がのぼって、何が何やらさっぱり」

では、この女は育てた子の、真実の身分を知らないのだろうか。彼女もまた、八大王に、十数年もの間、だまされていたのだろうか。

狄妃のほんのりと上気した横顔を見ているうちに、相手の言葉を信用しはじめているおのれに気づいて、劉妃はひそかに気をひきしめた。

「しかしながら、狄妃さまは、その御子を立派に育てあげられたではありませんか。いたく、おいつくしみになっていると聞いておりますよ」

心にもないことを言うのには慣れているが、これほどしらじらしいせりふもない。

「それは、わたくしにも意地というものがあります。あの子が人に劣ることは、とりもなおさずわたくしの育て方の過ちとなります。生母でないからなどと、うしろ指をさされては、つまりませぬし――それに、生母はすでにみまかっておりましたもので、それ以上の意趣晴らしというのも後味が悪うございますでしょう。でも――」

狄妃は、ふたたび声を落とした。

「娘子にだけは、本当の心持ちを申しあげておきたいと思いますの。きっと、おわかりいただけると思いますので。でき得ることとなれば、他人の子よりはわが腹を痛めた子により高い位に上ってほしいと思う母心、愚かだと思しめしになりますか」

「――いいえ」

短い沈黙の後に、劉妃は答えた。

声がかすれるのを、今度はとめられなかった。心底の感情を、ずばりと見透かされたような気がした。

「いいえ。母であれば、わが子が可愛いのは当然ですわ。妾も、妾の産みまいらせた御子が、ご存命ならばといつも――」

つい、本音がこぼれだした。

「お察しいたしますわ」

あたたかな声が、劉妃の背を支えた。狄妃の大きな眸《ひとみ》が、じっと彼女を見つめていた。

「わたくしも、わが子にもしものことがあったらと、そればかり思っておりますの。ですから、なおのこと大公子には、静かな環境が必要だと思いますの」

二重の意味をふくんだ言葉だった。

思わず、劉妃はじっと相手の目をのぞきこんだ。

狄妃は、頭のよい女だ。

もしも、彼女が心底、義理の子の受益ではなく、自分の血のつながった子に帝位を継がせたいと願っているのなら――手をつなぐ余地はある。どうせ、誰かを世継ぎに選ばねばならないとしたら、八大王の子であれば他の子でもよいわけだ。

いや――劉妃は、我が子のことをまだ、あきらめていない。桃花源の探索という夢物語を、宋《そう》国の皇城の奥からさぐりだしたのも、万が一の奇跡を念じたが故だ。だが、現実に皇太子が空席になっている以上、これは取り引きの材料につかえる。

たとえば、狄妃所生の公子を皇太子に推《お》すかわりに、憎い李妃の子をしりぞけることは可能かもしれない――。

劉妃は受益を許す気はない。あの公子が生きているかぎり、劉妃は危険にさらされるのだし、むこうも母の仇を許すつもりはないだろう。いずれ、なんとしても始末する気でいるが、とにかく東宮《とうぐう》（皇太子）にたてることを阻止する手をうっておくことは、間違いではないだろう。

「もしも――」

かすれた声を咳ばらいでとぎらせながら、劉妃は口をひらいた。

「もしも、狄妃さまの御子が立太子されることになりましたら、いかがなさいます？」

「ま、わたくし、そんなつもりで申しあげたのでは」

「まあ、よろしいから。おっしゃいませ。たとえば、八王爺の二公子が陛下のお世継ぎとなられましたら、殿下はご気分を害されましょうかしら」

「いえ――どちらも、八王爺にとっては我が子でいらっしゃいますから、お怒りになるようなことはございますまい」

劉妃の意図をどこまで解しているのか、狄妃はあいかわらず、無邪気そうな顔でにっこりと笑う。

「でも、そうすると、八王爺は大少爺の処遇をどうなさいましょうね」

と、劉妃はさらにさぐりを入れた。

「さあ。みずからの後を継がせることができれば、八王爺にもご満足でしょうし、お育てしたわたくしの面目も保たれるというもの。ですけれど——」

そこで、わざと狄妃は思わせぶりにひと息入れてみせた。ちらりと、劉妃を見た視線も、意味ありげである。

「なにしろ、今も病で屋敷の奥にひきこもり、外に出ることもかなわぬ状態でございますもの。全快する保証もなく、困じ果てて転地静養のお許しをいただきたいと思うありさまでございます。この先、ずっとこの状態が続けば、家督も何もあったものではございませんでしょう。まったく、困ったものでございます」

こまったこまったといいながら、その表情が少しも困っていないのを劉妃ははっきり見てとった。

取り引きに応じれば、邪魔な受益は一生、八大王家に幽閉することを考えてもよい、と言外にいっているのだ——と、劉妃は解釈した。

なるほど、その条件なら考えてもよいかもしれないと、劉妃は思った。

下手に抹殺しても、上手の手から水がもれるということもある。今回のように、忘れ果てていた時に、突然、証拠が湧いてでることもあり得る。それより、信用のできる者に監視させ、それをおのれの目と手で監視する方が、安心かもしれない。

「あまり、思いつめられぬことです、狄妃さま」

劉妃の声は、無意識のうちになめらかになっていた。

「そのうちに、自然にお治りになることもございますよ」

心にもない慰めを口にしても、劉妃の良心はもう痛まなかった。

「少爺のご静養のお許しは、よい折りを見て、陛下にうかがっておきます故」

ついでに、八大王の二公子をそれとなく、帝に推薦をする——ということは、この場のふたりだけの、暗黙のうちの了解である。

狄妃も、この時ばかりは真剣なおももちでうなずいた。

「よしなに——くれぐれも、よしなに、お願いいたします。いずれ、のちほど、娘子のお好みのものをみつくろって、お届けにあがります故」

「ま、そのようなこと、お気になさいますな。今日、誕生日を祝っていただいた上に、こうして親しくお話ができたことを嬉しく思っておりますのよ。狄妃さま、今後は何でも妾にご相談いただけると、ありがたく思いますわ」

「ええ、わたくしも今日、娘子に胸のうちをお話しして、すっと楽になりましたわ。どうぞ、これよりもよろしくお願いいたし——おや、どなたか、こちらへまいりますわ。娘子をお捜しのようすですけれど」

劉妃を拝むしぐさをふと止めて、狄妃は声を途切れさせた。なるほど、園林の木々の間を縫って、黒衣をまとった影が小走りにこちらへやってくる。

「おそれながら、娘子に申しあげます」

亭《あずまや》のはるか手前で、その影は身体全体を投げ出すように平伏した。顔はろくに見えなかったが、黒衣は宮城に仕える宦官のものだ。

「お召しかえを。あちらの別間にお支度ができております」

その宦官の後から、女官たちの顔も見えた。

「今、行きます」

ここへ来た時とはうってかわって軽い脚どりで裳裾《もすそ》をひるがえし、劉妃は亭を出た。黒衣の宦官は平伏したままで劉妃を迎えたが、その後を、ついて来ようとはしなかった。女官たちに囲まれて劉妃がこの場から立ち去るのを、じっと頭を垂れて待っているようすだったが——。

「首尾はいかがでございました」

背後から近づいてくる、別の軽い足音にむかって、ふり向きもせずにそう尋ねた。

「失敗はしなかったかと、存じます。ご苦労をおかけしました、陳内侍《ちんないし》どの」

「いえ」

宦官は、その身体の特徴から早く老けこむといわれている。この人物の実年齢が何歳なのかわからないが、ひどく疲れた表情をしているのはたしかだった。もうひとつ、宦官は老いるとだらしなく太るといわれているが、陳内侍と呼ばれた彼、陳琳《ちんりん》は、若者か女のようにほっそりとしていた。

「私は、なにほどのこともしておりませぬ」

ようやく身を起こして、声の主の方へ一礼する。その間も、決して相手の顔を見ようとはしないのは、礼儀というよりは意図的なものだ。声は聞こえなくとも、姿はどこから見られているかわからないのだ。遠目にでも、密談をしているように見えてはまずかろう。

「娘子を亭へ誘導して、話がすむまで余人を近づけぬようにしてくれたではありませぬか。助かりました。王爺に命じられたとおり、貴方に相談してよかった」

「恐縮でございます。八王爺と少爺のお為になることでしたら、身を八つ裂きにされてもと、とうに覚悟を決めております。今日のことなど、なにほどもございませぬ」

「とりあえず、受益への娘子の敵意はあれで、わずかの間だけでも逸《そ》れるとは思うのですけれど。そう長い間、娘子の目をくらませておけるとは、わたくしも期待しておりませんから。でも、わたくしがしてやれることといったら、このくらいしかないものですから」

狄妃はそれまでの微笑をひそめさせて、ちいさく嘆息した。

「殿下の御身は、ご無事とうかがいましたが。今、どちらに」

「さあ――。とにかく、蘇州《そしゅう》の范仲淹《はんちゅうえん》どのから届いた知らせでは、鄂州《がくしゅう》へむかったとか。今ごろは、長江《ちょうこう》をさかのぼっているか――そろそろ、鄂州に着いているころかもしれない」

安堵《あんど》の吐息が、今度は老宦官の口からもれた。

「ご無事で、お戻りになられますでしょうか」

「心配はいりませんよ。受益は、運の強い子です。生まれてすぐ、そなたのように誠実なお人にめぐりあえたほどに」

「妃殿下――」

「これからも、頼みます。つらいでしょうけれど」

視線はあさっての方へむけながらの狄妃の言葉に、陳琳は感きわまってしばし、声を失った。しばらくの間、先へ行く狄妃の後を、つかず離れずに歩んでいた陳琳だったが、

「私はこれにて――」

小声でささやいて、径《みち》を逸れていこうとした。

「殿下の、一日も早いご帰還を祈っております」

「ありがとう。そなたも、気をつけて」

狄妃が声を返した時には、黒衣の姿はもうどこにもみあたらない。

「どうか、無事で」

それが、旅の空にある受益の身の上を案じたことばなのか、それとも、哀れなほどに身をかがめて生きている陳琳に対する思いなのか、狄妃にも判然としなかった。わかっているのは、どちらもが危険な立場に身をおいていること。そして、今しばらくの間は、実子の利益をはかる愚かな継母を演じなければならず、それが気の重さとなっていること。

(わたくしには、劉妃さまは責められぬ。受益は我が子以上に可愛いけれど)

はじめて、生まれたばかりの嬰児の受益——戴星を腕に抱いた時に胸にこみあげてきた不思議な気持ちを、狄妃は今でも忘れることができないでいる。自分の方へ伸ばされた小さく暖かな手を、息もつまるような驚きと喜びでうけとめたことを、まだはっきりとおぼえている。

血の繋がりなど関係なく、理屈ぬきで、小さく無力なものを女は愛しいと思うことができるのだ。だが——。

(でも、劉妃さまの気持ちも、女としてはわかってしまう。殿方にはおわかりにならぬでしょうけれど)

もし、無事に受益が都へもどってきたら、そして李妃を見つけだしてきたとしたら——。

その後、劉妃を見舞う運命のことを考えると、自業自得の結果とはいえ、けっして手離しではよろこべない狄妃だった。

（それでも）

受益を守るためなら、どんなことでもするだろう。我ながら、矛盾しているとは思うのだが、だからといってこの勝負に敗れるわけにはいかない。

手の中の扇をもてあそびながら、狄妃はまたひとつ嘆息をもらしたのだった。


その翌日、皇城の劉妃の仮の座所にこっそりと呼びよせられた男たちは、彼女の機嫌が予測よりよいことに、まず驚いた。

「――てっきり、怒りくるって、また無理難題を仰せいだされるものだと思っていたが」

遠慮のない口を、それでも声をひそめて太監《たいかん》の雷允恭にささやいたのは、実兄の劉美。

それを、耳の隅でとらえながら、聞かないふりをしたのが枢密使《すうみつし》の丁謂《ていい》。雷允恭がうなずくと、でっぷりと太った身体が黒衣の下で揺れた。

「――八大王妃と、手を結ぶ余地があるかもしれぬ」

と、前日の密談の概要だけを伝えて、劉妃は満足そうな表情をした。呼び出された三人は、それぞれの腹の底で狄妃の話の裏を疑ったものの、それを口に出す者はいなかった。

これ以上、劉妃に逆らうようなことを口にして、やつ当たりをされるのはまっぴらだった。

ただ、御前で押しだまっているわけにもいかず、

「では――さしむけてある刺客には、ひき上げるように命じてよろしいのでしょうか」

まず、丁謂が慎重に訊いた。

殷玉堂《いんぎょくどう》を雇うよう、指示を出したのは彼である。もちろん、玉堂の方は直接の依頼主しか知らないし、丁謂にしても刺客の顔も名も知らないままである。だが、だからといって、万が一の場合に、依頼主として丁謂の名が上がらないという確証はどこにもない。仮にも皇族のひとりを消す陰謀に加担したのである。それなりの覚悟はできていたはずだが、事情が変われば、できるだけ危ない橋を渡りたくないのが人情である。

できるなら依頼を取り消し、この件にはそ知らぬ顔をしたいのが本音だった。

「そういう話ならば、もう必要ありますまい」

「いえ、丁公。それはそれ、念には念を入れて、困るということはありますまい。うまく仕留められれば、それに越したことはない。案外、狄妃どのとて、それを望んでいるのかもしれぬ。大公子がいなくなれば、問題なく狄妃どのの御子が太子に迎えられるわけですから。ただ、こう何度も失態を続けているようでは、それも心もとないけれど」

三人が三人とも、いやな顔をした。

彼らが直接、手をくだしたわけではないが、今まで何度も好機がありながら、八大王の大公子をそのたびに逃してきたのもたしかなのだ。

「ともあれ、今しばらくはさし向けた者に事を任せても、かまわぬでしょう。それより、問題はあの公子が、件《くだん》の小娘の身辺を離れているということ」

「おお、それをすっかり失念していた」

「さすがは、娘子でいらっしゃいます」

いっせいに声を合わせたのは、劉美と雷允恭。丁謂はさらにいやな顔をしたが、それを上手に他人の目から隠すだけの知恵と器用さはあった。

幸い、すでにふたりの追従《ついしょう》でよい気分になっている劉妃の目にははいっていない。

「小娘の立ち回り先は、杭州の王欽若がくわしく知らせてよこしております。ともに旅をしているのは、東京《とうけい》から同道していた書生と得体のしれぬ孩子《こども》だけとか。こうなったら、腕ずくでもこちらの手の中に押さえて、桃花源の在処《ありか》をさぐりだすのです。兄上、雷太監、方策はおありですか」

「——おそれながら、申しあげます」

と、満面に笑みを浮かべて進み出たのは、雷允恭の黒衣である。

「さっそくに、走馬承受《そうばしょうじゅ》に指示をだして、捜させようと存じます。ご許可を」

走馬承受とは、皇帝直属の監察機関である。皇帝の命をうけた者が全国に派遣され、その地方の内情を正確に皇帝に報告するのが役目である。役目の性質上、皇帝側近の宦官がその総括にあたることが多い。——つまりは、帝が政務に無関心な現在は、太監である雷允恭の手の中にあるも同然の機関といってよかった。

「あらためて腕のたつ者を長江一帯に派遣しようと――いえ、ことによっては臣自身が当地に赴いて、直に探索の指揮をとってもと存じております。いかがなものでございましょう」

「さし許します。太監の思うようにやってみるがよい」

「それから、もうひとつ、耳よりな話を。鄭《てい》王・銭惟演《せんいえん》どのの件でございますが」

雷允恭は、以前、人を雇って宝春《ほうしゅん》を襲わせたことのある貴人の名を出した。かつて、江南にあった呉越《ごえつ》国の王家の、後裔《こうえい》たる男である。ちらりと雷允恭が劉美の顔色をうかがったのは、銭惟演が劉美の義理の兄にあたるからだ。

彼が、桃花源の謎をさぐるいまひとりの人物と知りあてた後、劉妃たちは警戒をおこたらなかったが、何事か失態があったらしく、現在は屋敷にひきこもっておとなしくしている。動きも少なく、これといったしっぽも見せないところから、つい、監視の目も最近はゆるみがちだったのだが。

「屋敷から盗まれた何物かを捜している由は、先日、ご報告いたしました。それが、どうやら容華鼎《ようかてい》と銘のある香炉ということで」

「香炉？」

「詳細は、いまだ。ただ、呉越国の時代から秘蔵していた品とのこと。ひどく固執しているとかで、今は半病人のありさまだとか」

「よく、調べました。その品、なにか子細がありそうですね。こちらでも捜してみるように」

実は、問題の香炉——容華鼎という名のそれは殷玉堂の手で盗みだされ、そのまま杭州まで携えていかれた。杭州で彼が宿にのこした荷物の中から包希仁《ほうきじん》が見つけたが、はたしてそれからどうなったものか——。

「おおせになるまでもなく」

雷允恭は深く一礼して、得意の絶頂にある顔を人の目から隠した。だが、声調までは隠しきれるものではない。

「おそれながら、娘子」

と、劉美が前へ身を乗り出したのも、その声と無関係ではなかったはずだ。

「いっそのこと、この際、鄭王に直接、聞き質《ただ》してみてはいかがでしょうな」

「しかし、兄上、それではわれらの目的をあちらにも知られることになりはしませぬか」

「危険をおそれていては、何もできませせぬぞ。だいたい、われらが桃花源の探索をはじめてから、どれほどの時が経っていると思われる。慎重なのはよいが、慎重すぎるのも考えものだ」

いいところをみせようとしてか、劉美は強気だった。

「何、いざとなれば。南唐後主《なんとうこうしゅ》の前例もある。生殺与奪の権利は、娘子がお持ちだ。いまさら——いや」

ひとり殺すも二人消すも同じだと、口をすべらせかけて、さすがに失言に気づいた。いくら実兄でも、はっきりと口にしてよいことと悪いことがある。

「いまさら、ためらわれるとは、娘子らしくない。心配ご無用、さりげなく酒席でも設けて聞きだせばよいこと。さいわい、われらは姻戚関係にある。口実はいくらでも設けられるし、儂に対してなら油断もするでしょう」

「では——その件は、兄上にお任せいたしましょうか」

曲がりかけた機嫌をなおして、劉妃がうなずいて、この場はおひらきとなった。

身分も官職もちがう三人が頻繁に皇后の前に集まっていると、さすがに最近、うわさになっている。太監の雷允恭が劉妃のそばにたえず控えているのはよいとして、劉美と丁謂が頭をつきあわせて相談しなければならないような事柄は、そうない。

いいたい者にはいわせておけばいい、何事か起きた時には、皇后の権力にものをいわせて失脚させるまでだ——とはいうものの、危険な橋は、なるべく渡らないにこしたことはないのだ。

雷允恭に先にいいところを見せられたせいで、劉美は不機嫌そうなまま、丁謂より先にさっさと退出していった。雷允恭は、丁謂の後から肥えた身体を縮めるように、しかし優位を誇示するようにゆっくりと出てきたが、劉美よりもさらに不満でいっぱいの丁謂は、その存在にも気づかなかった。

一介の銀細工師から妹を使ってなりあがった劉美と、実力で科挙に合格し、政治に手腕をふるって出世を果たしてきた丁謂とでは、根本から因《よ》って立つところがちがう。あらゆる手を尽くしたとしても、万が一、劉妃が失脚でもするような事態になれば、兄である劉美も没落はまぬがれない。まして、十七年前の陰謀にまで深くかかわっている身だ。すべてが明るみに出れば、りっぱな大逆罪で処刑されるにちがいない。

丁謂は十七年前の件に関しては、完全に潔白である。桃花源云々《うんぬん》の話にしても、目の上の邪魔者だった寇準を首尾よくとりのぞいたあとでは、一気に色褪せてしまう。あるかないかもわからない夢物語など、今、手にしている権力にくらべれば、屑同然だ。

皇后の力を利用するために接近をはかり、なりゆきで八大王の大公子に対する陰謀にも一枚、加わったが、自分の命運をそっくり劉妃に賭けるつもりは最初からない。まして、大逆などで足もとをすくわれるなど、まっぴらだった。

(これは、もしやの場合に備えておくべきかもしれぬ)

そう思ったのは、趙受益という公子——白戴星と名乗る若者といってもよいが、彼の意外なほどの強運のせいである。運のよい者は、どこまでいっても運が強い。だが、いったんけちがつけば、坂道を転がるように堕ちていく者もいる。

丁謂の目に、劉妃の一派の強運はそろそろ限界にきているように見えていた。たとえそうでないとしても、よもやの事態に備えておいて悪いことはない。てっとり早い話、今からでも、八大王家によしみを通じておいても遅くはないし、向こうにしても悪い話ではないはずだ。

丁謂は、劉妃ほど簡単に狄妃を信じる気にはなっていない。だが、狄妃所生の子が次期の帝になるにしても、やはり受益が立太子されるにしても、どちらにしても八大王の発言権は増す。その時、大公子へ刺客を送ったことが知れでもしたら――。

趙受益が、だれの子であろうと、素姓を承知で育ててきた八大王が黙っていないことは明白である。狄妃の真意がどこにあるにせよ、八大王が本気で怒ったら、いくら妃でも止められるかどうか。

丁謂は一瞬、背筋がわずかにそそけ立つのを感じた。

今なら未遂であることでもあり、証拠を隠滅してしらを切りとおすことも不可能ではないかもしれない。今のうちならば、だ。

(それと――)

もうひとつ、丁謂には心安らかでないことがある。

政敵の寇準をまんまと追い落とすことには成功したものの、相手の息の根を完全に止めたわけではないことだ。これまた万一、彼が配流先で生き延びた上で、受益が即位でもすれば、寇準と丁謂の立場は逆転する。

こちらは、なんとしてでも始末をつけておかねば、安眠することもできない。

（さて、どうするか。寇準には、また別に刺客をさしむければよいとして——そうか、先の刺客にも刺客を送るか）

二重三重に口封じをすれば、依頼主の正体も特定しにくくなるだろう。

どちらにしても、劉妃の一派とは少し距離を置いた方がよいと、丁謂は見極めをつけたのだった。

（寇準め、今ごろは、襄陽《じょうよう》を過ぎたあたりか、それとももう岳州あたりまで到達しているか）

左遷という形式をとった配流である。国土の最南端の雷州までは、かなりの距離がある。先を急ぐ旅でもないし、老齢の寇準を護送するのに手加減もあるだろう。陸路を行ったはずだから、歩みはさらに遅い。ことによれば、まだ長江を越えていないかもしれない。今から手配すれば、岳州か洞庭湖の上あたりで寇準の息の根を止めることができるだろう。

今度こそ、勝つのは自分だと、丁謂は固く心に決めていた。生き残るのも自分だと、思っていた。そう心に決めてようやく、丁謂はしっかりとした足取りで宮中を退出していったのだった。

だが、そのおのれの思案のようすの一部始終を、雷允恭の冷たい目が、背後からじっと観察していようとは思ってもいない彼だった。

その、数日後のことになる。

ところは岳州の城内——といっても、街の中心から少しはずれてはいるが、構えはりっぱな旅籠《はたご》である。

その客の一行を迎えて、最初、亭主はいやな顔をした。いくら部屋数に余裕があるからといって、護送中の流人《るにん》を泊めるのはだれでもいやだ。たとえ、その流人が人品いやしからぬ老人であっても、また護送の下役人がひどく丁重な態度で扱っていてもだ。

もっとも、流人といっても枷《かせ》だの鎖《くさり》だのをつけた小悪党とはちがう。とにかく、いくら白髪の老人だからといっても、流人がりっぱな馬に乗って現れたのははじめてである。

詳しい事情は本人の名誉のためにと伏せられたが、悪事を働いたわけではなく、

「都のえらいお役人だったのだがな、ちょっとした科《とが》があってこういう仕儀になられた。お気の毒な方なのだ」

と、ついてきていた下役人のひとりが、耳うちをした。

「だから、食事もそれなりにきちんとした物を出してくれ。失礼のないようにな。なに、銀子《かね》なら十分にあるから」

と、相当な額の前金を帳場にあずけられて、亭主もようやく承諾した。

奥まった一室を彼らにあてがい、他の客との接触をなるべく避けるようにしたのは、老人の希望があったからだ。宿への要望は、静かにして欲しいということと室内を清潔にしてくれるようにということだけで、金銭があるからといってとりたてて食事や応対に、特別に無理な要求をするわけでもなかった。

宿代の心配がなくなったから、というわけではないが、亭主も客のようすを見てとって、自然、態度をあらためた。

「おれたち、庶民には都の政《まつりごと》のことなんぞわからないが、こりゃあ、よほど立派なお役人だったにちがいない。きっと、悪人どもがよってたかって、陥れたにちがいないぜ」

根は善良な亭主はそう思いこむと、自身で湯や食事をとどけたり、なにくれとなく気を配るようになった。だから、老人が旅の疲れからか熱を出し、滞在を延ばすことになってもいやな顔ひとつせず、

「ようございます。全快されるまで、ゆっくりとお休みくださいまし」

ふたつ返事でひきうけて、医者まで呼んできた。もっとも、

「雷州へいかれるなら、馬はこの先、あまり役にたちませんぜ。とにかく、洞庭湖から先、しばらくは水路だ。馬は必要になったところであらためて調達なすった方が、身軽に旅がおできになります。その気がおありなら、馬はてまえどもでお預かりして、買手をお世話

してもようございますが」

持ちかけたのは、老人の馬がこのあたりではめったに見られないほどの逸物だから――だったかもしれない。

その亭主の思惑に気づいたのか否かははっきりとしなかったが、老人の応えは、

「あれは、恩ある方から餞別《せんべつ》にとたまわったもの。まして、手元が不如意というわけでもない。簡単に手離すわけにはいかぬが、先の旅程のことを考えると、亭主の言い分ももっともだ。額はともかく、馬を酷使せぬ者をさがしてくれるとありがたい」

病床から、そう告げた。

亭主はうまくいったとばかりに、市へ馬を引いていかせたが、これが案に相違してなかなか商談がまとまらない。

馬の買手はいくらでもいた。このあたりも交通の要所だけあって、馬を必要としている者は多くいた。だが、老人の希望のように、馬をただの乗馬用だけに使おうというものは皆無といってよかった。馬は荷駄を運ばせたり農耕に使ったりといった労働力なのであって、ただ、遊びや気ばらしのために飼っておくほど余裕のある者などいるはずがなかったのだ。

そんなわけで、亭主は老人の病気が治るまで、馬の飼い葉などいっさいの費用を負担した上、毎日、市へつれて行かせる者の駄賃まで出さねばならなくなったのだった。

老人の病は、なかなかよくならなかった。よほど疲労がたまっていたのだろう。旅の疲れもあるが、それ以前からのものが身体の芯まで達しているのだと、診察に来た医者はいった。

「その上になにやらご心労もさまざまおありのようすで、気が乱れております。失礼とは思いますが、いっそのこと俗事のことはすっぱりと思いきられて、長生きされることをお考えになった方がよろしいかと」

「俗事か。仙人のようなことを申すな」

老人は、ただそう笑っただけだった。しわの多い頑固そうな顔つきに、すこし気弱なものが混じったのは、その時だけだったという。

護送の下役人は、老人の部屋の脇部屋に泊まっていた。

老人に逃亡の恐れはないし、世話をする者はいるし、余分の銀子《かね》もあるということで、ちょくちょく宿を抜けだしていた。おおむね、昼間はおとなしくしていて夜になるとそわそわと出ていくのである。どうせ、よからぬ場所に通っているのだろう。おかげで、老人の身辺は夜になるとほとんど無人になっていた。

旅籠の方でも、長逗留の客ということでつい慣れて、注意がおろそかになっていたことは否めない。老人が夜分に用事をいいつけることは稀《まれ》だったし、宿の方でも心得ていて、夕刻、食事の折りに必要なことは片付けてしまっていた。したがって、これは、かならずしも宿の手落ちとはいえなかったかもしれない。

「寇莱公《こうらいこう》でいらっしゃいますな」

と――。

その夜、老人の部屋の扉を音もなく開いた男は、まずそう問うた。

日が暮れて、まだ間もなかったが、白髪の老人はすでに牀《ねだい》にはいっていた。それでも、あわてる風もなく、

「そうだ」

ゆっくりと身を起こした。

落ち着いた挙措《きょそ》は、敵意のある相手を刺激しないための心得である。だが、寇莱公とよばれた老人は、

「しばし、待て」

言っておいて、男の目の前で悠然と上着を羽織り帯を締め、白髪の乱れまでととのえてから、男にむかって椅《い》をすすめたのである。ただのみせかけでは、なかなかできることではない。案の定、侵入者はすっかり気を呑まれて、突っ立ったきり、なかなか次の声が出てこなかった。顔を布などで隠していないのは、外で無用の不審をいだかれないためだろう。だが、灯《あかり》ひとつない室内で、用心ぶかく隅に立っているから顔だちは今ひとつ、しかとは見えない。

「それで、何用かと訊いておる。このような夜分に、案内も乞わずに人の寝室を訪うのは、よほどの大事であろう。聞いてやるほどに、さあ話せ」

「は？」

「それで？」

話せと大上段に迫られては、ふつうの話題でも話しにくいものだ。どうやら、よからぬ用件で忍びこんできたらしいとなれば、正面きって切り出しにくいのは当然のことである。

そのあたりは、予測の上でのいやがらせだったのだろう。老人は鼻のあたりで笑うと、

「おおかた、儂《わし》の命でも取りに来たのであろうよ」

ずばりと言った。

男は、ふたたび声を失う。

「情けない奴だの。見透かされたぐらいで、いちいちうろたえるでない」

逆に、老人の方に励まされる始末である。

「そのような柔弱者には、命はやれぬ。とっとと帰って復命せよ。もう少し人を選んでから、刺客をよこせとな」

「そういうわけには、いきませぬので」

男は、泣きそうな声を出した。

「どう、いかぬのだ」

「前払いでもらった報酬を、すっかり使ってしまいましたもので」

「何でなくした。賭博か、妓女《おんな》か」

「それが、その——妓女で、落籍《ひか》してやろうと思いまして——」

とんだ身の上話になったものだ。老人は苦笑すると、

「いかほどだ」

「は——？」

「妓女の値はいかほどだったと訊いておる」

「だ、出してくださるので？」

「おぬしのように気弱な男に、人殺しのような荒技ができるはずがない。だが、殺しができなければ、受け取った銀子《かね》は返すしかあるまいし、今のままでは妓女を再び売らねばなるまい。儂の命の値がいかほどか、聞くのもけがらわしい気もするが——これはおぬしにやるのではない。その妓女とやらに与えるのだ。そら、近くへ来て手を出すがよい」

「ほ、ほんとに——」

涙声になりながら、刺客と名のる男はおずおずと近寄ってきた。灯のない室内で、外からの月の薄明かりだけがたよりである。老人の目には、影が動くのがようやく捕らえられるのみだった。が——。

音がはっきりと聞こえたのである。

ためらう気配も、手や脚で物を探る音もせず、まっすぐに近づいてくる足音が聞こえた。たしかに、この室内には余分なものは置いていないが、ふつう、視界が悪ければそれなりに用心するものだろう。

それに、もうひとつ。

老人の耳は、薄い金属がこすれるかすかな音を聞きつけた。

たしかに、刃物が鞘走《さやばし》った軽い摩擦音だった。

反射的に、身構えたまではさすがである。

だが、齢《よわい》を重ね、疲労をためこんだ身体はその主が考えているほどには、すばやく動かなかった。

立ち上がろうとした時には、すでに白刃が彼の目の前で躍っていた。第一撃を避けるために、とっさにのけぞる。胸のあたりをかすかに、刃がなぞっていく感触があった。

「寇準、覚悟！」

「下衆《げす》——！」

気弱で決断力のない男は、用心深い老人を油断させるための仮面だったのだ。妓女の話も、たぶん口からでまかせだろう。他愛もない、みえすいた人情話に手もなくひっかかったおのれの愚かさを嘲笑《わら》いながら、それでも、老人は腕をかざして懸命に抵抗しようとしたのだが——その腕ごと、ぐいとやわらかく押されて、椅ごとあおのけざまにひっくりかえった。

(なに――?)

一瞬、何が起きたのか理解できなかったのも無理はない。目を凝らしても、視界が明るくなるわけでもない。

目の前に、以前よりも黒い壁のようなものがたちはだかっているのをようやく認めて、これまでかと観念までした。倒れた際に、腰のあたりをしたたかに打って、すぐには体勢を整えられない。腕の力で二、三尺(一尺=約三十センチ)動くのがやっとだったのだ。

おのれを押した腕が刺客のものならば、その時点で切りつけられているはずだと思いあたったのは、なにやら闘争の音が聞こえてきたあとからだ。

ばたばたと、衣服に包まれた人の身体が打たれる音や、脚音《あしおと》が入り乱れた。長い間のことではない。すぐに、一方は逃げにかかった。が、その前に窓の紙が破れる鋭い音がし、

「あっ――!」

何かが風を切る音とかん高い悲鳴が、ほぼ同時に響きわたった。

どさりと鈍く重い音がしたのは、逃げようとした者が倒れたのだろうか。

「つかまえろ、玉堂!」

こんな場合だというのに、妙に陽気な声が人の名を呼んだ。そして、その玉堂という人物なのだろう、部屋の扉がさっと開いて、逆光の中に長身の男の影が浮かび上がった。

ろうか。

逃げかけた男の足が、ぴたりと止まった。どうやら、影の正体を知っていたらしい。うろたえて、扉以外の逃げ路を捜そうとしたところを見ると、よほどおそろしい相手なのだろうか。

「げ——玉堂？」

その新来の影にむかって、

「逃がすなよ、でも、殺すんじゃないぞ」

ふたたび、陽気な声が命じる。それが、よほど腹にすえかねたのだろう。

「やかましい。いちいち指図するな！」

と、男は文字どおり吠《ほ》えた。吠えながら、ちょうどうずくまって膝のあたりをすりぬけようとした影の首根っこをむずと捕らえて、つるしあげた。

「ほらよ」

と、猫の仔を放り投げるように、片手で軽々と室内へ放りこんだのにはおどろいた。相手は、大のおとなの男なのである。相当な膂力《りょりょく》である。

一方、投げ込まれたのを受けた方も、手加減などしていない。よろけたところに一撃をいれて膝を折らせ、前のめりに倒れかけるところをすかさず後頭部に手刀を入れる。

そのあざやかな手つきは、扉からさしこんだ月明かりのおかげで、今度は老人の目にもはっきりと見てとれた。その人物が、少年と青年の間の域にある男であることもわかった。

横顔に、なにやら見おぼえがあるような気もするが、岳州には知人などいなかったはずだが——と、混乱した頭で考えているうちに。

「無事か、寇萊公」

その少年が、顔をふりむけて尋ねたのである。

「——少爺」

「なんだ、鬼《き》（幽霊）を見たような顔をして。おれはまだ、生きているぞ。もっとも、死神は連れてあるいているがな」

「誰のことをいっている」

長身の男が、ぞっとするほど冷ややかな声でいいながら後ろ手に扉を閉じると、室内はいったん、前以上の闇にもどった。が、すぐに男の手の中に、ほっと火が点る。

浮かび上がったのは、切れ長な眼をした男の顔である。よく整った、美男といってよい顔だちだったが、顎の細さが刃物のような酷薄さを強調していた。もっとも、今は何が不満なのか苦りきった表情をかくそうともせず、そのためにどことないおかしみのようなものが漂っていた。それを本人に直接いえば、血の雨が降ることになるのだろうが。

妖術のようにあらわれたその火を、男は卓の上にあった油皿に移した。物の影が濃くなった。そして——。

「——少爺。本物の少爺か」

寇準は、身を起こすのも忘れて、少年の顔に見入っていた。少年は、自分の顔にその油皿を近づけて、

「どうだ。これで信じる気になったか」

おどけた顔を作ってみせた。

老人の知っている少年の名は、趙受益という。白戴星という偽名は、後に八大王から聞かされて知っていた。どちらを呼ぼうと迷ったあげく、今ひとりの男をちらりと見て、

「たしかに。たしかに白戴星どの──と呼べば、よいかの。しかしまた、どうして、ここに──」

「話せば長い話になるが、きっかけは馬だ」

「馬？」

「岳州に着くなり、市で目についた。聞いたら、宿の逗留客が売りに出したというじゃないか。あれはうちの親父どのの馬だ。ひと目見て、すぐにわかった。公のことは杭州で噂に聞いていたから、親父どのが餞別として贈ったものだろうと推測がついた。いまさら驚きはしなかったが、夜陰にまぎれて会いにきてみれば、このざまだ。不用心にもほどがあるし、だいたい、寇萊公ともあろう者が、あの女の一派にしてやられておめおめと左遷とは、何ごとだ」

はるかに年長の寇準にむかって、少年は無作法なほどに遠慮がない。しかも、寇準の責

任でもないことを責められても、答えようもないが、妙に不快さは感じなかった。

「面目次第もござらぬ」

寇準は苦笑しながら、戴星のさしだした手にすがって、ようやく椅の上に身を戻した。

「油断しておりましたので。いや、気力が萎《な》えていたのかもしれませぬ」

「年寄りくさいことをいうな」

「歳でござるよ、少爺。いやいや、これはいかんともし難い事実じゃ。儂も、今度ばかりは——それより、少爺、そちらのご仁はどなたじゃ。どうやら、助力してくだされたようだが」

「殷玉堂だ」

年長の漢《おとこ》の名を呼びすてにして、簡単に答えてすまそうとしたところに寇準はひっかかりを感じた。

「どうやら、子細がありそうですな」

と、老人は玉堂のようすをうかがう。それを漢は避けるように顔をそむけて、

「おい、長話を始める前に、こいつの始末はどうつけるか決めろ」

床でうめいている刺客を足蹴にしながら、玉堂は、吐きすてるようにいった。機嫌が悪いことは、声だけでわかる。窓を破ってとびこんできた礫《つぶて》にでも当たったのだろう、刺客の額は小さく割れて血を流していたが、斟酌《しんしゃく》するような男ではない。

「でなければ、俺が適当に始末をつけてしまうぞ」

「無益な殺生はするなといっただろう。それに、こいつの口から吐いてもらわなきゃならんことだってあるんだぞ」

「なら、とっとと吐かせろ」

「後でだ。ここではまずい。しばらく、眠らせておけ」

「ち——」

いまいましげに舌打ちをして、玉堂は男をいったん引き起こし、鳩尾《みぞおち》に一撃をくわえた。適当に後ろ手にしばりあげると、部屋の隅に無造作にころがす。そのあざやかな手並みと、その際の玉堂の表情とに、寇準は危険なものを感じたにちがいない。

「少爺、いつの間に、そのように不作法な言葉づかいをおぼえられた。それに、その輩《やから》にはなにやらよからぬ匂いがいたしますぞ。何者じゃ」

何もかも心得た顔をして、少年と対等の口をきいているのも、不愉快だった。

「死神だといっただろう」

寇準に詰めよられても、戴星は平然たるものだ。それとも、そう装っているだけかもしれなかったが、寇準はそうと見抜けるほどこの少年の性分を知っているわけではなかった。

「なんですと？」

「だから、おれの命を取りにきた刺客だ。そこに転がっている奴と、同様にな。おそらく、依頼主も似たようなあたりじゃないだろうか」

「な――なんと？」

さすがの寇準も、これには絶句したまま次の言葉が出てこない。目を白黒とさせる老人を見て、玉堂が冷ややかに笑った。もっとも、その冷笑はおもに彼自身に向けられたもののようだったが。

「でも、心配いらない。そいつとちがって、小細工せずに用件を切り出してきたから、おれも条件を出して取り引きした」

「それは――で、どのような条件で？」

ほっと、夜目にもはっきりとわかるほど、老人の顔色がよくなったのは、話し合いの末、金銭かなにかで手を引かせると解決をつけたのかと、想像したらしい。だが、

「母を見つけ出すまで待ってくれと頼んでみたら、案外簡単に承諾してくれた」

「――！」

今度は、呼吸まで止まるかと思われた。がくりと上体を折ったかと思うと、老人の身体はそのまま床にすべり落ちた。あわてて助け起こそうとする戴星の手をふりはらって、寇準は平伏したのである。

「――少爺、少爺。この老夫めの最後の願いでござる。お聞きとどけを」

「このまま、東京へ帰れというなら、聞かんぞ」

言おうとした事を先取りされて、寇準は憮然《ぶぜん》となった。それでも、

「そこを、敢えてお願い申しあげる。都では父君母君がどれほど御身を案じておられるか、おわかりにならぬか」

「おれが、わからないとでも思っているのか」

少年の声がとがった。

「生まれてすぐに、母もろとも殺されるところだったおれが、だれのおかげで——だれの犠牲の上でこうして生きているか、知らないとでも思っているのか。それほど、おれが情け知らずだとでも思っているのか」

「では——」

「痛いほど知っている。だが、このままではたとえば、公の息女は無駄死にになる。手を下した者は、それなりの報いを受けるべきだ」

「あれのことは、もうご放念くだされ。今は少爺の御身の方が大事。仮に少爺に何事かあれば、それこそあれは無駄死にとなりましょうぞ」

寇準は、また玉堂の方をうかがう。今度は、聞かれてはまずいという顔だが、戴星は気にもとめない。

「おれの母のことは、どうなる」

と、切り返した。

「生きているなら、ひと目会いたい。それなりの暮らしもさせてやりたい。もしも――もしも亡くなっているなら、やはりその代償は払ってもらう」

「少爺――そのお気持ちもわかります。それでは父君方のお気持ちはどうなります。儂の出立にあたって、殿下は城外までわざわざご自身でおでましくださり、手厚い餞別を賜りました。衣服の中に忍ばせてあった銀子《かね》のおかげで、ここまでどれほど助かりましたことか」

八大王が見送りにかけつけてくれたとき、狄妃が縫ったという着替えの衣服ひとそろいを携えてきた。必需品だけに、寇準もありがたく受けたのだが、あとでよく調べると衣服の中に銀子と、幾枚かの飛銭《ひせん》（送金手形）が入っていたのである。

そのまま渡したのでは、寇準のことだ、けっして受け取るまいと推察しての小細工だった。返したくとも、引きかえせる旅ではない。そのまま、寇準は全部を納めることにした。

実は、護送の役人どもの対応がていねいなのも、ここに来るまでの間の旅が比較的楽だったのも、すべてその銀子のおかげだった。でなければ、寇準はもっと早い段階で病気に倒れていたか、具合の悪いままで出発を急がされていたことだろう。

ありがたいと開封《かいほう》の方を向いて頭を下げたい思いとともに、寇準はこの餞別の中にこめられた八大王夫妻の祈りをも感じていた。

戴星の無事を祈る心が、自分にもむけられたのだと知ったからこそ、餞別を納めて費《つか》う気にもなったのだ。

「親父どのも母上も、わかっていてくださると思う。だから、おれを家から出してもくれた。おれは、ここまで来て帰る気はない。もう少しで、手がかりがつかめるんだぞ」

拳をにぎりしめて寇準をにらみつけたが、

「おい、いつまで長居しているつもりだ」

玉堂に声をかけられて、肩の力をぬいた。

「こんなことをいいにきたんじゃない。ひとこと、謝っておきたかったんだ。いろいろ、迷惑をかけた。その——息女にも」

「迷惑だなどと——。あれは、立派におのれの役目を果たしたのです」

「おれが——おれが、もし、叔父の後を継がなかったら、公の息女は怒るだろうか」

彼らしくない、自信なげな語勢だった。

寇準も、一瞬ためらった。そして、ゆっくりと首をふった。

「あれは——役目だとか、少爺のご身分だとかと考えて、命を賭けたのではないと存じます。いたいけな嬰児が危害を加えられようとしている時に、見て見ぬふりができなかっただけのこと。儂も、そうなればこそあれのことを誇りにも思い、泉下で会えれば誉めてやろうとも思うております。どうか、ご負担には思われぬよう、それだけは」

寇準は、もどかしい思いにとらわれていた。いくら言葉にしても、真情が伝わらないような恐怖におそわれていた。欲や得で、彼を助けたのではないということ。自分も八大王夫妻も、ただ、少年が健やかに育ってくれれば満足であったこと。たしかに彼が皇太子になることを期待はしたが、無事に生きて命をまっとうしてくれれば、それですべて報われると思っていること——。

短い沈黙が落ちた。

少年が再び口をひらいた時、その声音がかすかな変化を遂げていたことに気づいたのは、寇準だけではなかったはずだ。

「身体を大事にするように。いずれ、もし、おれが無事に東京に帰れたら、きっと呼びもどすから」

無事に東京に帰る——すなわち、素直に八大王家に戻るということか。帰れば、そして皇后一派の妨害をうまく排除できれば、少年はいずれ玉座に上ることになる。

「では——少爺」

玉堂が、わずかに表情を変えたのを、寇準は見た。この戴星のことばの意味が、この男にどんな影響があるのだろうと不審に思いながらも、寇準は胸をおどらせた。

「だから、気が萎えたなどというな。公にはおれの補佐を頼まなけりゃならない。元気で雷州までいって、また東京へもどってもらわなきゃならない。親父どのとちがって、銀子《かね》ひとつ餞別に贈れないが、ま、こいつの黒幕を——」

と、隅にころがしておいた刺客を、思いきり蹴りつけて起こす。

「許してくれ、命ばかりは、許してくれ」

と、少年にではなく、玉堂の方に向かって伏しおがむのを、

「正直に話せば、許してやる。――宿の者は信用できるか。だれか、身辺に護衛を呼んだ方がよくはないか」

「護送の役人が、そろそろたちもどる頃ですから、ご心配いただくには及びませぬが――どちらへ行かれる」

「こんな奴を、この部屋にころがしておくわけにもいかんだろう。こっちの宿で吐かせて、一件の黒幕をあぶりだすのさ。そのうち、息女の仇もとってやるから楽しみにしていてくれ」

寇準に告げながら、男を引き起こす。そのまま、自分より上背のある刺客を背中にかつぎあげようとして、つぶれかける。みかねたのか、相変わらず苦りきった顔をした玉堂が、手を出した。

このふたりもまた、刺客とそれに狙われている者のはずだ。だのに妙にしっくりと息が合っている。いや、戴星の傍若無人ぶりに、刺客の方がめんくらい、対応をもてあましているといった方が、正確かもしれない。それとも無警戒な戴星に、仕事はいつでもできると割り切っているのか。

何にせよ、刺客の玉堂の方がすっかり嫌気がさしているのは、余所目《よそめ》にもよくわかった。こんな場合、次の行動は約束だの取り引きだのを無視して、さっさと仕事を果たしにかかるか、それとも請け負った仕事を放りだして逃げてしまうか、ふたつにひとつだろう。

「なりませぬぞ」

ここで逃がしたら、この少年は大海に浮かべた小舟のように、また行方不明になってしまう。せめて、知らせを開封に走らせるあいだ、岳州のこの宿に留めておく方法はないものか。

寇準は忙しく考えをめぐらしながら、少年の腕をつかもうと手をのばした。

「でなければ、少爺の宿を教えてくだされ」

「悪いが、それはできない」

「では、せめてそやつを身辺から遠ざけられよ」

玉堂と名のる男が、どんなつもりで戴星のいいなりになっているかはわからない。だが、今はおとなしくとも、しょせんはその本性は虎だ。いつ牙を剝《む》くかわからない。そして、いずれはかならず行動を起こす。危険すぎる。

だが、これも少年は肯《がえ》んじなかった。

「約束は約束だからな。心配、いらないといっただろう」

いうや、身をひるがえす。その若い身のこなしに、寇準はわずかの差でおいつけなかった。

うながされて、玉堂が不機嫌な顔のまま扉を開ける。玉堂が刺客を引き立てながら先に立ち、一歩、踏み出そうとした——。

異変が起きたのは、その時だった。

第四章　岳陽楼異聞《がくようろういぶん》

最初、それはかすかな口笛のように聞こえた。

音に反応したのは、玉堂《ぎょくどう》の方が早かった。とっさに刺客《しかく》の男の身体の陰へ、身をひるがえす。盾にとったかっこうになった。

少年の動きが、ひと呼吸おくれて続く。こちらは、部屋の内部にむけて、身体ごと投げ出している。

「伏せろ――！」

少年は老人の腕と衣服をつかみ、そのままの勢いで床にころがった。寇準《こうじゅん》もその力にあらがわず、素直にあおのけざまに倒れこんだ。身体の反応は無意識のうちで、何が起きたか理性でさとったのは、さっきまで頭があった空間を何かが貫いて通ったあとである。

「――矢？」

正面の柱にそれは深々と突きたって、かすかにうなりをたてていた。もしも、突っ立ったままだったら、すくなくとも身体のどこかには当たっていたはずだ。

それでも顔色ひとつ変えなかったのは、さすがに、豪胆を以て知られた寇準故《ゆえ》である。

――かつて、北方の遼《りょう》が宋《そう》国内部深くに侵入してきたことがある。その時、逃げ腰になる帝《みかど》を説得し、首筋をおさえるようにして出馬させ、盟約を結んで退かせることに成功したのは、この寇準だった。

出馬はしたものの、帝をはじめとする穏健派は、遼軍と対峙《たいじ》しているあいだも不安と恐怖とで、腰が落ち着かない。その空気が伝染して、兵士たちの間にも動揺が走っていた。いてもたってもいられなくなった帝は、人を遣（や）って、寇準のようすを探らせた。強硬論を主張したものの、軍勢の数は遼軍の方がはるかに上回る。装備も士気も、にわか仕立ての宋軍とは比較になるまい。いかな寇準でも、顔色ぐらいは変えているだろうと――誰もが、それを考えたというよりは、期待したのだろう。

寇準は、この中で酒ばかり呑んでいた。呑んで、酔いつぶれていた。

そのありさまが伝えられると、まず兵士たちが落ち着きをとりもどした。

――責任者たる寇萊公《こうらいこう》が、ここまで無警戒なのだ。心配することはなにもない。

寇準の酔態がどこまで真実で、どこからが演技だったのか、さだかでない節もあるが、結果、これは成功をおさめた。たとえ演技だったとしても、寇準の肝の太さを否定する根拠にはなるまい。

ともかく――。

「だれだ」

玉堂の冷ややかな声が、誰何《すいか》した。

だが、部屋の正面の坪庭からかえってきた声は、

「殿下――いや、白公子《はくこうし》とお呼びする方がよろしいのでしょうや」

戴星《たいせい》を名指しで、話しかけてきた。声はなめらかで、発音がねばるようにものやわらかで、たとえるなら磁器の肌のようだった。薄くて美しいが、触れると冷たいのだ。しかも、奇妙な抑揚があるのを聞きとがめて、戴星がかすかに眉をひそめた。

部屋に灯りが点《とも》っているせいだろう。庭の闇の中にいるはずの人間の姿は、こちらからは見えない。どうやら、矢の打ちこまれた角度からして、正面の建物の屋根の上にでも陣どっているらしいが。

「どっちでもいい。どっちの名で呼ばれたって、おれの顔が変わるわけじゃない」

とは、戴星の人をくった返答である。暗に、ここにいる者はみな、自分の正体を知っていると告げていた。それを受けて、声は、

「まあ、白公子とお呼びいたしておきましょう。ここで公子にお目にかかれたのは、さいわいでした。実を申しますと、萊国公《らいこくこう》の身辺に気を配るよう、わが主人からの命をうけて参ったのですが。公子に、わが主人の耳よりな申し出がございます。今宵、三更（午前零

時）に岳陽楼までご足労願えませぬか」

「主人とはだれだ」

「さて、それはご推察ください」

「正々堂々、名も名のれない奴と話をしろという気か」

「さ、それは話の内容にもよりましょう。それだけの価値はあると、私は存じますが」

「ここでは、話せぬことか」

「人の多いところでは」

「しかし、寇萊公の命をねらっておいてから今さら話とは、順序が逆だろう」

と、戴星が声をとがらせると、

「それは、ちがいますぞ」

声は、不快な笑いをふくんだ。

「臣めが狙ったのは、その、よけいなことをしでかしたあげくにしくじった奴」

はっと、少年がめぐらした視界の中には、胸を射抜かれた刺客の身体がとびこんできた。そういえば、矢をかわす時に奇妙なうめき声が聞こえたような気がしたと思ったが、これだったのか。

幸か不幸かまだ絶命はしていないらしく、手足の痙攣《けいれん》が見てとれるが、顔にははっきりと死相が現れている。床にころがった刺客を見下ろして、扉の陰に身をかくしている玉堂が苦い顔をしていた。彼のせいではないが、目の前でまんまと口を封じられたことに腹をたてているのにちがいなかった。

「ちなみに、わが主人が命じたことでもございませぬ。その点も、公子には釈明いたしたく、ご招待申しあげる次第。これもさいわい——というべきか、本日は十七日、天気もよし、三更過ぎに冲天《ちゅうてん》にかかる月は、美しゅうございましょうな。季節はずれではございますが、月見の宴などなかなか風流なものだと存じますが、いかがなものでございましょう」

「行ってはなりませぬぞ、公子！」

寇準が叫んだのが、逆効果だったようだ。

「行く」

いいだしたら聞かない性分の少年が、まなじりを決して行くと宣言した。それで、闇の中の声は満足したらしい。

「では、酒肴《しゅこう》でも用意してお待ちいたしましょう。詳しくは、その折りに」

「上等のものを用意しろよ。まずいものは、口にあわない」

これは、相手へのいやがらせである。戴星はここまでの旅の間、空腹を訴えたことはあるが、味に文句をつけたことは一度もないのだ。案の定、かえってきた笑い声には、小莫迦《こばか》にしたような響きがふくまれていた。

「心得ておりますよ」

その声に、冷水を浴びせるように、

「もしも、罠かなにかだったら――」

少年の声が、だれの耳にもはっきりとわかる危険をはらんだ。

「おまえの主人とやらが、いずれどうなるか覚悟しておけ。そうなったら、おまえも一蓮托生だぞ」

「胸に刻みまして」

嘲笑《わら》う声が、遠ざかるのがわかった。

「玉堂――！」

追え、という意味の少年の声に、長身の男は反射的に闇の中へ飛びこんでいった。いや、おそらくこれは彼自身の判断でもあったのだろう。行動を起こす一瞬、少年にふりむけた形相のすさまじさには、寇準ですら息を呑むものがあった。

一方、戴星は断末魔の男のもとに走りよっている。

いったんは、矢を引き抜こうと手をかけたが、男の息を確かめて断念した。抜いてもそのままにしても、どのみちこの男は助からない。ならば、無用な苦痛を与えることはない。それに、抜いた衝撃で息が絶えることもある。すこしでも息と意識が残っているうちに、この口から聞き出さなければならないことがあるのだ。

「おい、おい――！」

手をかけてゆすぶりたいのを、懸命にこらえて、戴星は男の耳もとで怒鳴った。

「聞こえるか。誰に頼まれた！」

「……死……たく、ない……」

喉《のど》を洩れる息が、そう聞こえた。

「助けてくれ」

声にはならなかったが、くちびるのわずかな動きから、戴星はそう読み取った。その唇《くち》から、血の色をした泡が吹き出している。

「寇萊公！」

どうすればいい、という眼で、少年はふりむいた。

処置を知らなかったわけではない。自分の身を守る術は、しっかりと身につけさせられている。応急の手当ぐらい、自分の傷だろうが他人の身体だろうが慣れたものだ。だが、目の前の男には手の施しようがないことは、見る前からわかっていた。

自分の腕と知識では、救うことはできない。でも、経験を積んだ寇準ならば――。すがるような想いで見たのだ。だが、それは否定の仕草となってもどってきた。

「おい――！」

喉から洩れる音が、浅くなった。

「たすけてやる！」

戴星は、とっさに叫んだ。

「たすけてやるから、依頼主の名を言え！」

口もとに、耳を寄せると、

「召伯子《しょうはくし》の……」

たしかに、そう聞こえた。

戴星には、むろん、そのことばに心あたりはない。

「召伯子？　蓮根がどうした？」

召伯子とは、蓮根の異称なのである。戴星が奇妙な顔をしたのも無理はない。

「ぎょくど……の……んなの」

「ぎょく……？　殷《いん》玉堂のことか？」

そういえばこの男、さっきからどうやら玉堂の名と姿を知っているようなそぶりだった。

「……おいぼれをひ……り、いっ……せんがんだす……」

つまり、一千貫の報酬につられて寇準をねらったというのだ。いや、かすれる声は聞き取りにくいし、断末魔の混濁した意識のいわせることだからいまひとつ論旨がはっきりしないが、そういう風に取れる。

「どういうことだ、おい。おまえ、玉堂となんの関係があるんだ。おい、なんとか——」

と、さらに問い詰めようとした戴星の声は、ついに男の耳には届かなかった。

「なんとか言え。まだ、全部話していないぞ、たすけてやるから——！」

こと切れた男につかみかからんばかりの少年の腕を、寇準がつかんで止めた。

「少爺、無駄じゃ」

「おれは、たすけてやると言ったんだ！」

寇準に怒鳴りかえしてから、そっぽをむいて袖を口もとにもっていったのは、もしかしたら涙ぐんでいたのかもしれなかった。

だが、泣いていたとしても、それは長い間のことではなかった。すぐ目の前に、玉堂の長身が音もなくふって現れたからだ。

「——逃げられたな」

戴星は座りこんだままの姿勢で、にらみつけた。

「見失ったんだ」

と、玉堂も悪びれない。

「あれは、素人じゃない」

ともいった。簡潔だが、戴星にはなんとなく意味がわかったらしい。

「——まあ、いい。すぐに、岳陽楼で会うんだ」

「何か吐いたか」

玉堂が片膝をついてわざわざ男の息をあらためたのは、やはり、自分を知っている人間らしいと気づいていたのだろう。だが、

「知り人か」

「いや」

即座に否定した。したものの、

「だが、ことばに東京《とうけい》の訛《なま》りがあったな。なら、どこぞで、俺を見知っていても不思議はない」

存外、素直に可能性は認めた。

開封《かいほう》の裏の世界では、それなりに名の売れていた男である。本人は記憶していなくても、だれかの恨みをかっていたということも十分あり得る。

「有名な悪党はつらいというところだな。召伯子とは、何の隠語だ？」

「…………」

「返答がないのは、知っているといっているのと同じだぞ」

「俺の交友関係まで、おまえに話す必要はない」

「つまり、おまえの知人の外号というわけだな。寇萊公の始末を、一千貫でこいつに持ちかけた奴だそうだぞ」

と、これは言葉の断片から推察した、はったりである。

「………」

これまた返答はなかったが、その眼の中に動揺があった。

ちなみに、一貫がおよそ銭一千文にあたる。およそというのは、基本的には銭の数ではなく重量で換算するからだ。銅銭は流通しているうちにすり減るから、古銭は価値が下がるということになる。

ちなみに、物価は時代につれて変わるものだが、ひとりの兵士を雇う一年分の費用が、およそ五十貫文であったという。だから、一千貫文もあれば相当なぜいたくができる計算になる。

玉堂は平素は無口で無表情な男だが、そのわずかな変化を読みとる術《すべ》を戴星は、ともに旅をして来た間にのみこんでいた。いや、もともと勘のよい少年だ。

「後学のために訊《き》いておきたいが」

声に、少し苦笑がまじる。

「おれの始末は、いくらで請け負った？」

返事はない。——ということは、寇準の始末代より、安価《やす》かったということか。

苦笑が、少年の表情にまでひろがった。めずらしく、皮肉で乾いた印象の笑顔になった。

「だれだ、召伯子というのは」

笑いながらも追及の手はゆるめない。刺客が絶命した以上、もう手がかりは他にないのだ。

一瞬——。

二対の視線が、火花を放った。

どちらも意地と気力とでは負けてはいない。が——。

「おまえを殺すように、依頼してきた奴さ」

意外にあっさり、玉堂が口を開いた。

「召伯子の甘《かん》。口先ばかりの、周旋屋《しゅうせんや》だ」

どこか突き放したような口調が、「もう飽きた」という声にも聞こえたのは気のせいだったろうか。

「ちなみに、前金で受け取ったのが五十貫文ほどだ。成功すれば、もっと出すとはいっていたがな」

これには、少年も憮然《ぶぜん》となった。

「ちょっと待て、そりゃ、安すぎるぞ」

「俺もそう思う。だから、止めた」

「——止める？」

戴星が、あまりがっかりしたような声をだしたせいだろう。玉堂が皓歯《こうし》を見せて笑うのも、めずらしいことだった。

「やめるって、何を。まさか、おれの始末を止めるっていうんじゃないだろうな」

「少爺。なんということを。むこうから手を引くと申すのを、逆に挑発するようなことを仰せられて、どうされる」

寇準があわてて、制止する。どういう論理か気紛れかはわからないが、頼みもしないのに死神が勝手に離れていくのだ。わざわざ呼びもどすことはない。

だが、戴星は納得しなかった。

「約束したはずだ」

「それは、反故《ほご》にしてもらおう。おまえも約束をやぶったことだしな」

「――何を破った？」

「以前、東京には帰らないといったな。だが、今、帰るとそこの老いぼれに約束した。どちらが、本心だ」

「少爺、そのようなことを――」

「気が変わった」

戴星は、悪びれない。

「東京に帰らない方が、だれも傷つけずにすむと思っていた。でも、ここまで来る間に、考えてみた。おれが帰らなければ、なにもかも平穏におさまるのかどうか」

「なら、俺だけが責められることはない。俺も気がかわった。いや、莫迦莫迦しくなった。

こんな腰抜けより安い金銭で」

と、男の遺骸を、爪先で軽く蹴る。少年が、かっと眼を剝くのを小気味よさそうに見かえしながら、

「雇われて、おまえみたいに扱いにくい奴をつけねらって、国中をあくせく走りまわるのは性にあわん。そもそも、人の命令をきくのも俺の性にはあわんのに、なんで今までおまえなんぞの言いなりになっていたのやら。とにかく、今、目が醒めた。俺は止めた。東京へ帰る」

「止めるのはいいが、ここまで首をつっこんでおいて、この件からそう簡単に手を引けると思うのか」

「引いてみせるさ」

不敵に笑う。

「おまえこそ、俺のかわりにさし向けられる奴らに、簡単にその首をやるんじゃないぞ」

ごていねいに、刺客は自分ひとりではないという脅しをかけた上で、

「餞別がわりに教えておいてやる。召伯子の甘を雇っていたのは、牙郎《がろう》（仲買人）の黄《こう》という奴だ。その先は、東京へ帰った時に自分で調べるんだな。もっとも、生きて無事にもどれればの話だが」

「もどってやるさ」

と、戴星も負けてはいない。

「せいぜい、がんばるんだな」

と、玉堂はせせら笑うと、刺客の遺骸を軽々とかつぎあげた。坪庭に降りたと思うや、すぐにその背は闇にまぎれてしまった。

天に消えたか地にもぐったか、まばたきひとつほどの間のあざやかな消え方である。

少年も、それ以上は追おうとしなかった。

時がなかったからだ。

「少爺、よろしいのか」

「なんだ。さっき、遠ざけろといった舌の根も乾かないうちに」

「いや――話を聞いているうちに、何やら心底からの悪人には思えなくなりましてな」

「悪人さ」

戴星は、悟りきったようなことをいった。

「悪党の金看板を背負っているような奴さ。でも、悪党なりの意地は張りとおせる男だと思ったから、信用もしたんだがなあ」

「――少爺」

腕組みをして本気で残念なそぶりをみせる戴星に、寇準はそれ以上、ものが言えなくなっていた。呆れたのがなかば、少年のふところの深さに感じいったのが半分といったところだろうか。

「じゃ、おれも行く」

背を向けたのを、

「──お待ちを、少爺」

「なんだ、止めても無駄だぞ。聞く耳は持たないからな」

先まわりされて、寇準は鼻白みながらも、

「岳陽楼の場所は、ご存知か。人に尋ねながら行くような時刻ではありませぬぞ」

「昼間、見物してきたからな」

「なんと──」

「だって、昼間っからここに来るわけにはいかんだろう。時間つぶしに見てきた。知っているからこそ、行くと返事した。知らない場所なら、連れていけと言っている」

人の心配も知らぬ気にくったくなく笑うと、

「話し合いとやらの結果は、かならず知らせる。明後日までに連絡がなかったら──悪いが、親父どのたちにそう、報告してくれ」

「少爺！」

「心配するな。母上にいわせれば、おれは強運の持ち主なのだそうだ。生まれた時も、危ないところをたすかった。ならば、こんなところで簡単にしてやられるようなことはないさ」

「なりませぬぞ。断じて、お命を粗末にすることは――」

だが、寇準の声は無人の闇の中に吸いこまれただけだった。

やり場のない不安と焦燥と、おのれの無力さにじりじりと身を灼《や》きながら、寇準はふと、少年の背中が妙に広かったなと、記憶の隅で思い返していたのだった。

さて、江南《こうなん》には三大名楼とよばれる建築物があった。

ひとつは、鄂州《がくしゅう》の黄鶴楼《こうかくろう》だが、これはこの時代のこの段階で建物自体がないことは先に述べた。

いまひとつは南昌《なんしょう》（現在の江西省南昌）の籐王閣《とうおうかく》で、唐代の初期に建てられた。詩文に何度も詠《うた》われてきたのも、何度も兵火にさらされては再建の歴史をくりかえしてきたことも、黄鶴楼に似ている。

残るひとつは、この岳州にある。岳陽楼というその楼閣は洞庭湖《どうていこ》をのぞむ湖畔に建って、どこまでも広がるなだらかな水面に、日が上りまた沈んでいくのを見てきた。岳陽楼もまた、他のふたつの楼閣と同様に、この時代、荒廃しきっていたのはいうまでもない。ただ他のふたつとちがって、岳陽楼は、荒れ果て朽ちかけてこそいたが、まだ、その姿を洞庭湖の水面にくっきりと映していたのである。

――これならば、すっきりあとかたもない方がましかもしれないと、戴星は思った。

そりかえった屋根の軒はかたむき、黄色い瓦のほとんどは砕けてその間から草がぼうぼうと生い茂っている。窓は窓枠からはずれてぶらさがり、敷石もほとんど剝がれていた。

三大名楼というから、どれほど壮麗な建物かと想像していたのだが、肩すかしをくらわされた気がしたのは、この荒廃の度を見たせいではなかったかもしれない。

実際、ちいさな建物だった。

三層建ての、一層目の部屋ですらせいぜい三丈（一丈＝約三メートル）か四丈四方、上の階はさらにせまくなっているはずだ。

部屋の外に、それぞれぐるりと回廊をめぐらせてあるが、非常にせまいうえに、このようすでは下手に踏むと欄干《らんかん》ごと落ちかねない。

――これは、いざとなっても内部での立ち回りは無理だなと、戴星は思った。

万が一の時には、落ちることも計算の上で、回廊に飛び出すしかない。屋根を踏み抜くと危険だが、それもあらかじめ覚悟の上ならある程度まで対処できる。さいわい、この高さなら、屋根づたいに飛び降りてもたいしたことにはなるまい。

残念なのは、水面まで距離がありすぎて、六和塔《りくわとう》の時のように水に逃げるという手が使えないことだ。

もっとも、下手に飛びこんだりすると、またあの壺中仙《こちゅうせん》の崖とやらの術にあやつられることになる。さすがの戴星も、自分の恣意でなくあちらこちらとふりまわされるのは懲りていた。

「——さて、と」

と、みあげた岳陽楼の三層目に、淡い光が点《とも》っていた。

湖水とは反対側の——つまり建物の背面はうっそうとした森になっており、阻まれて光はちらりとも見えなかった。こちらへ回り込む途上も、反った屋根が邪魔をしていたのだ。が、こうして見ると荒れた建物に点った灯というのには、一種、幽艶な趣《おもむき》さえ感じられた。それが本来、無人のはずの建物であるから、よけいに凄《すご》みが増す。

まぎれもない人が待っていると承知している戴星でさえ、その雰囲気には呑まれかけた。おそらく、今、夜の湖面からこの方角を見る者があれば、物《もの》の怪《け》のしわざと思うにちがいない。見るかぎり、舟の灯は暗い湖面にはみあたらないが、これだけきれいに晴れわたった空気の中だ。どこかの泊《とまり》からでも、かすかに見えているかもしれない。

明日の朝は、迷信深い漁師たちの間で大騒ぎがまきおこるにちがいないと思って、ようやく戴星の唇《くち》もとにも微笑がうかぶ。

柄にもなく緊張しているのは、自覚していた。

仇敵と見做《みな》した相手と、直接対決するのはこれが初めてではない。劉妃がいるとわかっている御簾の前で、雷允恭《らいいんぎょう》にむかって自分の正体を告げて啖呵《たんか》まで切ったことがある。

だが、どちらかといえば成り行きで、しかも感情にまかせてのどさくさのことだったから、たいした覚悟も緊張もなかったのだ。

自分では度胸がいい方だと思っていたが、と、戴星は今度は苦笑する。身体の震えこそないものの、手が冷たくこわばっているのだ。

両手を身体の前で、二、三度握ったり開いたりをくりかえす。それから、肩をやはり数度、上下させぐるぐる回して、最後に深呼吸をひとつ。

それでやっと決心がついたというように、しっかりと視線を三層目の灯に据えた。

額の落ちかけた正面の扉を、両手で勢いよく開くと、

「来たぞ」

内部にわだかまる冷たい闇にむかって、大声を投げつけた。

おそらく三階まで筒抜けになって、建物の外にまで響いたことだろう。

返答は、上からしずかに降ってきた。

「お待ち申しあげておりました。さ、どうぞ上へおいでくださいまし。――罠などは仕掛けておりませぬ。そんな時間などなかったことは、ご存知のはず」

たしかに、寇準の部屋に戴星が現れるとは、誰しも予測がついていなかったはずだから他のだれかを目標としてでもいなければ、前もって落とし穴などを作っておく必要などどな

い道理だ。別れてから、一刻（約二時間）も経っていないから、大がかりな罠を作るのも無理だし、他にもっと簡単で効果的な方法はいくらでもある。

というわけで、戴星はためらうことなく、わずかに光が洩れ落ちてくる細い階段を、軽い足どりで上っていった。

古い木の階段は、戴星の体重がかかっただけで大げさなほどの悲鳴をあげた。てすりなどは、ない。もとからなかったのか、それとも朽ちてなくなったのかは、ようやく闇に慣れた眼にも判然としなかった。

油断をしているつもりはなかったが、やはり板が古くなっていたのだろう。最後の一段で、あやうく、踏み抜きそうになった。音でそうとわかったのだろう、上から、

「お気をつけくださいますよう」

冷ややかな笑いを含んだ声が、ふたたび降ってきた。

「臣は何も細工しておりませぬが、なにぶんにもいたるところ、古くなっております故」

「心しておく」

戴星は怒鳴りかえして、二層目の部屋の壁ぞいを歩いた。

床板も古くなっている。こんなところで、下へ落ちるのはつまらない。

三層目へ上る階段へは、光がとどいていた。ちらちらと風で揺れはするが、安全を確か

めるのには十分である。

これまた、ためらいもせずに軽く駆け上がった戴星が見たのは、ふたりの人物だった。ふたりとも黒衣に全身を包み、顔の下半分も黒布でおおっていたが、体型はまったく異なっている。一方は黒衣の上からでも皮膚のたるみがわかる肥満体。いまひとりは、さほど長身ではないが、ひきしまった体格を持っている。おそらく、相当鍛えてあるのだろう。

三層目も下の階と同様のひと間で、さえぎったり人を隠しておいたりする物はない。したがって、このふたり以外には無人であることを、戴星は瞬時に確認した。

ふたりの両手にも、身体にも武器となるような物の影かたちがないことも、確かめる。

「あらためて、ご挨拶を申しあげます。少爺――」

肥った方が、大儀そうに膝をついて、宮廷式の拝礼をとった。一応、こちらを上位者だと認めたかたちだが、慇懃《いんぎん》無礼《ぶれい》ということばもあるように、決して心から相手を尊敬したものではないのは、なんとなく伝わってくる。深くうつむいている顔も、あいかわらずからないままだが、戴星にはこれで相手の正体がほぼ確定できた。

「ご苦労だな、雷允恭」

ずばりと言った。

びくりと丸い黒衣の肩のあたりが反応したのを、彼はしっかりと見ていた。

「ご明察、おそれいります」

男は、さらに深々と頭を下げた。ついでに、顔の布をとった。

「一別以来だな。こんなところまで太監《たいかん》みずからおでましとは、どういう魂胆だ」

「娘子《じょうし》からの密命を承りまして——いえ、今宵の少爺へのお話とは、あまり関わりのない件で」

「そちらの男は、さっき宿まで来た奴だな。走馬《そうば》承受《しょうじゅ》か」

「おおせのとおりで」

皇帝の秘密の目となり耳となって地方行政を監視する走馬承受は、宮中の宦官《かんがん》によって管轄されるとは先に述べた。派遣されるのは宦官とはかぎらないが、一般の士人は宦官の指揮下にはいるのを嫌う傾向がある。自然、宦官が割合としては高くなる。

宦官といえば、なよなよと女性化した者を即座に連想する。太りやすく老けこみやすい傾向にあるといわれて、その典型が目の前にもあるが、また、例外もある。

特に、成人して後に施術した者の中には、一般の者より屈強で武術に長《た》けた者も、そう稀ではなかったのである。

この男も、その例外のひとりなのだろう。

外見にも、それほど顕著に特徴は見られない。おそらく髭《ひげ》をたくわえることはできないだろうが、つけ髭かなにかをつけてしまえば、一般人の中にまぎれこむのは容易だ。おまけに、先ほど見せた弓の腕までもあるとなれば、走馬承受にはまさにうってつけといえた。

「卑しい身分で、殿下をおよびたてしたことをまず、お詫び申しあげます」

と、雷允恭はことばを続けた。

「くだらんことを言うな」

戴星は、一言のもとに切ってすてた。

「うかがう無礼をお許しください——いったい臣の言の、何がくだらぬのでございましょうや」

「用事があるから、呼んだんだろうが。身分がどうと詫びるぐらいなら、最初から呼びつけるな。それより、約束の物はどうなっている」

「は——？」

「おれは、そいつに月見の宴に誘われた。それとも、罠を仕掛ける時間もないのだ、酒肴の準備などする暇などなかった——とでもいいたそうだな」

「いえ、確かに支度はできております——。今からお召し上がりに？」

「そのために来たんだ」

まるで、食い気にだけつられて、こんなうす気味の悪いところまで足を運んできてやったのだといわんばかりである。

黒衣のまるい肩のあたりに、とまどいがわだかまったが、

「こちらに」

やがて、ゆっくりと腕をさし延べて席を示した。

細工をする時間はなかったが、掃除する時間はあったのだろう。その二丈四方ほどの部屋の床は、きれいに掃き清められ、一部に古いものながらも緑色の毛氈《もうせん》が敷き詰めてある。床は、踏むとぎしぎしと不気味な音をたてた。ことに、雷允恭の巨体が体重を移動させるたびに悲鳴をあげたが、とりあえず抜けるようなことはなかった。

毛氈の四隅に小皿を置いて、その上に蠟燭《ろうそく》を立ててあった。油を灯すより数倍明るいが、その分、高価な代物である。もっとも、これは贅沢をしているわけではなく、持ち運びに便利だからだろう。

同様の理由でか、椅ではなく、寺でよく使われる円座のようなものを床に直接置いて、席をしつらえてあった。

その前に酒の容器だろう、瓢箪《ひょうたん》がひとつと竹の籠《かご》がいくつか並べてある。

「なにぶんにも田舎な上に、夜分のこと故、ろくなものはございませぬ。お口には合わぬと存じますが」

雷允恭は、あきらかに口先だけとわかる口調で、謙遜した。

田舎ではあっても、この長江《ちょうこう》沿いの地方は温暖な気候にめぐまれている。穀物も川からの水産物も豊富な上に、他の地方から流入してくる物資にも事欠かない。また、夜分だからというが、少し気のきいた宿や料理屋ならば、金を積んで頼めばたいていの無理はとおしてくれるものだ。

戴星は、そのことばにはたいした関心を示さず、さっさと竹籠の蓋《ふた》をとった。中にはいっていた揚げた餅《ぴん》を指でつまんで、ためらいもせずに口に運んだのには、正面に座を占めていたふたりが同時に驚いた。ことに、走馬承受の男が、それまでじっと伏せていた顔を弾かれたように上げた。きわだって細い目がいっぱいに見開かれて、まじまじと戴星を見ていた。

この場合、戴星の無作法さにおどろいたのではなかろう。

「——お疑いにはなりませぬのか」

「何を疑う」

戴星が訊きかえしたのは、問われた意味がわからなかったからではない。

「それとも、毒を仕掛けたと白状する気か？　白状するなら、毒がたしかに効力を発揮してからか、それとも食う前にいってくれるとありがたいんだが」

「いえ、とんでもない」

なかば意外、なかば残念そうな声音だった。おおかた、戴星が毒殺をおそれてびくびくするところを、せせら笑ってやろうとでも企んでいたのだろう。

「なら、問題はないだろう。いや、酒はいらない」

うやうやしくさしだされた盃を手ぶりで押し返して、戴星はまた油餅《ゆへい》をつまむ。ついでに、隣の籠の中をのぞきこみ、醤《ひしお》で煮込んだ豚肉の塊も口の中に押しこんだ。筷子《はし》もあるのに、あいかわらずの行儀の悪さで、指はもう油だらけになっている。

「――さて、東京の酒楼で、ずいぶんお飲みになっていたとうかがっておりましたが」

「ははあ、無理に勧めるところを見ると、毒が入っているのは酒か。しこんであるのは、南唐後主《なんとうこうしゅ》を殺した牽機薬《けんきやく》といったところかな」

口に物がはいっているから不明瞭だが、かろうじてそう聞き取れた。雷允恭は、懸命になって否定した。

「滅相も……！」

「冗談だ。本気で疑っているわけじゃない。知っているか、古人は酒と飯とは喫する時をきちんと分けていたそうだぞ。まず食べ物を食べて、食事が終わってから酒宴にしたそうだ」

「古人を見習われておいでというわけですかな」

「いや、ただ腹が減っているだけだ。昼からこっち、何も食ってないもんで」

一瞬、雷允恭の目が、蠟燭の光を反射して不安定な動きを見せた。戴星のあまりにあけすけな態度にめんくらっているのと、戴星の揶揄《やゆ》に気づいて怒りを押さえているのと、両方だろう。

たしかに、こんな場合だというのに、戴星は相手をからかわずにはいられなかった。ただし、口にしたことばはすべて真実である。真実だが、いちいち告げなかったこともある。酒を断ったのは、空きっ腹に飲むと酔いが回るのが早いからだ。

相手を信用していないわけではない。少なくとも、話があるといって呼んだ以上、話して聞かせるまでは命の保証はあるだろうとふんでいる。

だが、永遠に——会談が終わるまでそうだとは限らない。たとえば、戴星の返答次第で、態度が豹変することも十分に考えられる。その時に、酒に足をとられて不覚をとっては話にならない。恐いもの知らずと思われがちの戴星だが、最低限、自分の身を守る用心はする。

「何をしている、おまえも食わないか」

「いえ——臣は」

「遠慮は無用。調達してきたのは、おまえじゃないか。それが食わないということがあるものか。ひとりで食うのは、気づまりでうまくない。それとも、やはりどれかに毒でも入れたのか」

「ご容赦くださいまし。臣は、そういう扱いには慣れておりませぬ」

「なら、話せ」

「は——？」

「だから、おれを呼びつけた用件を話せといっている」

「それは、お食事を召されてからと――」

「口と手はふさがっているが、耳と目と頭は暇だ」

破れた窓から外へ視線を移して、

「いや、目は月を見ているから」

わずかに右側の一部が削りとられたように欠けて、杏《あんず》か桃の核《さね》のような形になった月が湖上にかかっていた。冴《さ》えた月光を鏡のような湖面が反射して、天空と水中と、双方に月が現れたようだった。

「でも、耳はあいかわらず暇だな。だから、なんでも話せ。最近、おもしろい話を聞いていないから、退屈しているんだ」

「少爺にとっては、ご不快な話かもしれませぬが」

「耳よりな話と、さっき、そいつが言ったんだぞ。だましたのか」

「聞く方のお心がまえにもよりましょう」

雷允恭の細い目に、ようやく薄笑いが浮かんだ。話の内容とやらが、戴星に不利なのを思いだして、気を取り直したのだろう。

「いいから、もったいをつけるな。おれは気が短い」

「それは、よろしくありませせぬな。やがては、万民の上にたたれるお方が」

「――たとえおれがそうしたくとも、おまえたちの方には、そんな気はあるまい」

「登極なさりたいので？」

「無理にとまでは、思わないが」

「が――？」

さすがに、ふとしたことばじりは聞きのがさずに追及して来る。

「なってもいいと、最近、時々考えている」

正直に告げた。このことばが、どんな反応を引き出すかは賭けだったが、ここで自分の気持ちを偽る気にはなれなかったのだ。

男は、細い目の光を変えた。

「ならば――お力添えができるやもしれませぬ」

こちらも慎重に、戴星にむかって告げた。とたんに、戴星はけらけらと笑いだす。含んでいたものを噴きだしそうになって、あわてて口を押さえながら、

「莫迦もやすみやすみ言え」

はっきりとしない発音でそういった。

「あの女が、おれを殺そうとすることはあっても、その逆は天地がひっくりかえったって有り得ないぞ」

「人、それぞれに立場も――ぶちまけた話、利害も思惑も異なるものでございます」

「仲間割れか。そういえば、寇萊公の命を狙ったのも、おまえたちではないといいはって

いたな」

「あれは、丁公のさしがね。臣らとは、なんら関わりはございませぬ」

はばかることなく名を出したのは、こちらは知られても自分たちに不利にはならないからだろう。

「いえ、正直に申しますと、丁公が寇萊公に余計な手出しをなさると察知したのは臣で、この者を――」

と、背後に控える走馬承受を指して、

「萊国公の身辺に配したのも臣でございます故、無関係とはいえませぬが」

「どうせ、警護のためじゃないだろう。奴がやらせたという証拠をにぎって、のちのち脅す材料にでも使おうという魂胆だ」

「ご明察」

雷允恭も、徐々に本領をとりもどしてきたようだ。

「だが、なんで寇萊公をわざわざ助けた。それなら、見て見ぬふりをしても、おまえたちには不利益にはならんだろう」

「少爺がおいでになりました故」

「寇萊公を助けていいところを見せて、おれをひっぱりこもうというわけか」

「おそれいります」

「兵法の初歩だ。敵の敵は味方、だな」

ふん、と戴星は鼻を鳴らした。

「それで、おれと手を組むと、おまえにどんな利益があるという」

「殿下の利になることでございます」

「そっちの得だ」

少年は、言い張った。

どうしてもなりたいわけではないのだ。なって、戴星自身に利益があるとは思っていない。なれなければそれでいいし、父も母も――というのは、八大王《はちだいおう》と狄妃《てきひ》のことだが、ふたりとも納得してくれるだろう。

また、たとえば失踪中の生母を首尾よく見つけ出せた場合も、その方が好都合だろうとも思う。不名誉な罪を着せられ宮中を追われた母を、もといたところへ引きもどしてしあわせにしてやれる自信は、いかな戴星にもありはしない。

だが、もしも育ての母の狄妃のことばが真実で、帝位につくことが戴星の天命ならば――。今までやみくもに反発してきた彼だが、その気持ちが今、揺れている。

戴星の思惑はとにかくとして、もしもそれが天命であるなら、他人の助力などなくとも事は成就する道理だ。

とすれば、劉妃を裏切り、戴星に恩を着せて得をするのは、雷允恭ばかりということになる。

「いったい、どんな気まぐれを起こして、おれと手を組もうなんぞという気になった」

――おまえのやったことを、おれが知らないとでも思っているのか、ということばを、あやういところで戴星は呑みこんだ。

旅を始める前だったら、ためらわず口にしていたせりふである。だが、今、相手の話とやらも聞かずに、言いはなってしまうには問題のあることばでもある。口にすれば、相手を抜きさしならないところにまで追いこんでしまいかねない。

いまさら、雷允恭と手を結ぶ気はないが、相手の出方を待つ余裕を、戴星は少し身につけた。

「話せ」

「――おそれおおいことながら、八大王さまの妃殿下が」

「母上――？」

さすがに、この名には意表をつかれた。少年の眉根のあたりに小さなたてじわが入るのを見て、太監はうすい唇もとを冷笑のかたちに引き延ばした。

「娘子にお話をもちかけられた由。血をわけたわが子――つまり、殿下にとっては弟君にあたられるお方を東宮にたてていただきたい。かわりに、大公子はわが屋敷内に一生幽閉しようと」

そこで、気をもたせるように息を継いで、上目がちに戴星の方をうかがったのは、戴星が瞬間的に逆上でもするのではないかと期待したのだろう。

「嘘は、もっと上手につくものだ」

意外なほど静かな声が、少年の口からこぼれだした。平淡すぎたかもしれない。

「それとも、母上を誹謗《ひぼう》する気か」

戴星は、信じなかった。信じる根拠がないことを知っていた。もしも、狄妃が彼を排除する気なら、嬰児《あかご》の時にやってのけている。あれほど慈しんで育てる必要など、いっさいなかったのだ。彼に幸福な少年時代を与えることもなかったはずだ。

だが、

「事実を申し述べております」

相手も、一歩も引かない。

「狄妃さまは、女性としては頭のよすぎるお方。臣などには、どこまでがご真意かはかりかねます。ですが――」

それなら、それでいい、と戴星は思った。狄妃が望むなら彼はよろこんで身をひくだろう。だが本人と直接会って意志を確認しての話だ。それまでは他人の言葉を信じるわけにはいかない。自分を信じるしかないのだ。

「これが、おれに恩を売っておく絶好の機会だと思ったわけか」

たとえ狄妃が本気で戴星を見捨てたのだとしても、今、戴星にひそかに肩入れをしておく分には損にはならない。戴星が骨肉の間での帝位争いに敗れても、知らぬ顔をしていればいいことだ。逆に万が一、これが狄妃の偽装で、戴星が立太子されれば——博打でいえば大当たりとなる。

「奇貨《きか》、居《お》くべし、か」

「まさしく」

「断ると——いったら？」

「今宵、ここから、無事におもどりいただけるかどうか、保証いたしかねます」

「おまえは、商売というものを知らないらしい」

戴星は、片手をついてゆっくりと席から立ち上がる構えを見せた。

「だいたい、奇貨ばかり買うのがなっていない。十にひとつ、百にひとつの値上がりばかりに目がくらんで、他の大損に気がつかない」

そういう連中は、ひとつ儲けると、他の損をそこですべて穴埋めしようとする。結果、暴利を求めて、元も子も無くすのである。

仮に戴星が皇帝になったとしても、そのあと、雷允恭たちに政治を牛耳られては何もならない。

「お待ちを」

「取り引きというのは、双方の物の値打ちが同じな時に成り立つものだ。すくなくとも、そっちは大きな負債を背負っているはずだ。それを清算してもらってからでないと、取り引きには応じられない」

「負債――？」

「おれのことは、いい。こうして生きているのだから。母のこともよしとしよう。おれが自力で見つけ出す。だが、寇萊公の息女の生死に関して、どう責任をとる」

「臣は、存じませぬ」

即座に、否定がかえってきた。その早さが、裏腹な真実を語っていた。

「おまえが知らずに、誰が知っているという。寇宮娥《こうきゅうが》は無事か、それともおまえが手にかけたか」

「存じませぬ。臣の非力では、人ひとり殺すことなど、思ったとしてもできようはずがございませせぬ」

「力とは、腕力だけをさすことばではない。それを一番よく知っているのは、おまえのはずだ。あの女の細腕に、真っ先にぶらさがったのはおまえだからな」

そろそろ戴星の口調に容赦がなくなりはじめたのを、双方ともに感じとっていた。

「では、どうあっても」

「死んでいるなら、それでも仕方がない。生きて返せとはいわない。だが、せめて――」

「存じませぬ。臣は何も存じませぬ。すべては娘子がご存じでございます」

「わかった」

これで、思いきりがついた。

「では、あの女に訊こう。雷太監がそういっていたと言ってな」

決裂のことばだった。

次の瞬間。

肥った身体が、すさまじい速さで動くのを戴星は目のあたりにすることになった。けっして軽捷《けいしょう》とか俊敏といった形容が似合うような動きではない。四つん這いになって、ばたばたと部屋の隅へころがるように逃れたのは、懸命に逃げまどう家畜の一種を連想させた。絞め殺されるような悲鳴まで、ともなっていた。

こんな場合でなければ、戴星は笑ったかもしれない。

だが、その余裕は戴星の方にも与えられなかった。それまでひとことも発さず、雷允恭の身体の陰にすっぽりと隠れて影そのものとなっていた男が、少年の前にたちはだかったのだ。

思ったより長身の男だった。細い目が、布で覆った顔の間から戴星の方を見た。瞬間、その中に危険なものを感じとったのは、戴星がいっときたりとも用心をおこたらなかったからこそだ。

たしかに、男の両手は空だった。腰帯のあたりにも武器らしいものはみあたらなかったし、ふところに重量のありそうなものを隠している気配も、感じられなかった。

だが、戴星が危険を感じて一歩下がった直後。

（しまった――）

腰のあたりを一旋した男の右手には、細身の剣が握られていたのである。

刃渡りの長さは二尺（約六十センチ）ほど。刃は紙のように薄く、ぺらぺらと頼りなげな震え方さえしているが、これが高手にかかれば、すさまじい切れ味の武器として通用することを、戴星は知っていた。

いや、こういう武器があること自体を知っていた。彼自身、この武器――暗器《あんき》と呼んだ方がいいかもしれないこれを、扱った経験があるからだ。

この剣は、非常に薄く弾力のある鋼で作られており、ふだんは帯の中に縫い込んで腰に巻いておく。いざという時には、帯鉤《たいこう》を持って引き出せば瞬時にもとの剣にもどるのだ。

護身用の武器として、戴星は扱い方を教えこまれた。この剣だけではない、さまざまな種類の武器や武術を身につけさせられてきた。将来の危険を想定しての、狄妃の配慮だった。だが――。

けっして、武術の才能が豊かだったわけではない。身体を動かすことは嫌いでなかったから人並み以上に腕は上げたが、上には上がいくらでもあることも知っていた。

そして、相手の技量が自分より上か下かを見切る眼も、彼は備えていた。

——あきらかに、目の前の男は戴星よりもすぐれた剣士だった。

とっさに後退して間をとり、ふところに手を入れる。実は、こんな事態をまったく予想していないほど莫迦でもないから、武器は用意してある。だが、五寸（約十五センチ）に満たない刀子《とうす》で、この鋭利な暗器にどうやったら勝てるのか。

刀子の柄には丈夫な紐をとりつけ、ふりまわせば長尺の武器として使えるようにもしてきたが、狭い室内ではよほどうまく立ち回らないと、かえって自分を傷つけかねない。

それに、ここは相手を斃《たお》すことを考える場面ではなく、無事に逃れる算段に専念する時だろう。

戴星はふところの刀子の柄から、手を離した。

両手を開けて、身軽に動けるようにした。

部屋の四方のうち、背後は全面、板壁となっている。いかに廃屋同然の岳陽楼でも、壁は厚いだろう。体当たりをして、一度で破れるようなものでもあるまい。となると、あとは三方の窓。

正面には、男が剣を油断なくかまえてたちふさがっている。

では、右か、それとも左か。

ようすをうかがったその目の動きが、相手に自分の意図をさとらせると気づいたのは、見てしまった後のことだ。

再び、戴星は後悔にくちびるを嚙んだ。

(思いきって、真正面から斬りこんだ方がよかった)

だが、身体はすでに左側の窓に向けて動きだしている。右隅に逃げて震えている雷允恭の、思わぬ動きを警戒しての判断だったが、簡単に行く手をはばまれた。

男の剣が、腰より低いあたりを一旋する。むろん、やすやすと斬られるような戴星ではないが、広くもない室内で逃げるところは限られている。

(脚をねらっている——?)

鋼がしなる不気味な音とともに、剣は戴星の身体の周囲に襲いかかる。それが、どうも低い位置に集中する傾向にあるのを、軽く飛びすさりながら戴星はすぐに見ぬいた。

本気で戴星を消す気なら、胸か頸《くび》、頭をまずねらうだろう。戴星は、頸をねらうように教えられた。

——とはいえ、相手の殺気は本物である。この局面を打開するには、剣を奪いとるのが一番効果的だ。戴星は何度も相手の手元に飛びこもうとしたが、男は体術もたくみで、繰りだす拳も脚ばらいも軽々といなされた。

最後の望みをかけて、蠟燭を蹴って消そうとした。闇の中でなら勝機もあるかもしれないと思ったのだが、これも簡単にはばまれた。思いきり繰りだした蹴りは、紙一重のところでかわされた。

最後の体当たりすらぴたりと受け止められ、胸に反撃をくらってよろめいた背に、板壁があたった。

口の端ににじんだものを、手の甲でぐいとぬぐった。

剣が、顔すれすれのところを通過して、板壁にかるく突き立った。

頬に赤いものが伝う。

ふつうなら、顔をそむけるか目を閉じる。

だが、戴星はかっと目を見開いたままだ。閉じれば、わずかな可能性すら見逃してしまう。目を閉じても背けても、命はない。

男の両眼が勝ち誇るのを、戴星ははっきりと見てとっていた。剣がいったん壁から離れ、ひるがえってぴたりと自分の喉もとに押しあてられるのも見た。

「動かれるな」

布で覆った口が、不明瞭な発音を吐き出すのも、そして——。

その肩ごしに、その男の背後——この室内のほぼ中央に天井から、ぱらぱらと木っ端のような物が降ってくるのも。

その後から人の形がふわりと、まるで羽毛のようにゆっくりと落ちてくるのも、しっかりと見ていたのである。

こともあろうに、岳陽楼の屋根を踏み抜いて降ってきた人は、少年の姿をしていた。

年齢のころは十五歳ほど。

紅い頰に、童髪《わらわがみ》に武芸者の身装《みなり》、胸には数珠《じゅず》と長命鎖《ちょうめいさ》。

手には、背丈ほどの白木の棍。

「──狄漢臣《てきかんしん》！」

この異装は、他の人間と見まちがえようはずもない。

紅い頰の少年は、戴星の声をたしかに聞いて、笑ったようだった。着地も、二本の脚であぶなげなく立つと、ぴたりと棍を構えた。

男の反応も早かった。戴星をとらえて左腕にかかえこむ。右手の剣は、喉に擬したまま。

つまり、人質にとったかっこうとなった。

だが、後来の少年はやみくもに、戴星の奪回にはかかってこなかった。ただ、ひと跳びで、まだ片隅で声もなく震えている雷允恭のかたわらへ位置をとると、棍をふりあげたのだ。

この間、屋根がぶち抜かれてからそれまで、時間にして呼吸三度分あったかなかったか。

──下手に動くと、こいつの命はないぞ。

と、双方、口には出さず、互いの構えと眼だけで会話が成り立った。

最初に驚愕《きょうがく》から立ち直り、声を発したのは雷允恭である。

「たすけてくれ。助けてくれ——」

「公子を放してくれれば、おいらだって何にもしないよ」

少年の口からは、緊迫した場面に不似合いなほど陽気な声が聞こえた。

「そちらが退くのが、先だ」

とは、戴星に剣を押しつけている男の口から出たことば。こちらは、手の剣と同様に冷たい。

「そりゃあ、できない相談だよ。みすみす、不利になるような真似、できないもの」

と、少年は屈託がない。

「いまさら、不利もなかろう。おまえがその棍を振りおろす前に、こちらはこのお方の喉を掻《か》き斬《き》って、おまえを阻止しに行ける」

「だと思うなら、やってみなよ。おいらは、かまわないんだよ。でも、おいら、あんたより先に棍を降りおろす自信があるよ。こっちのお人の頭がつぶれた西瓜みたいになったあとからじゃ、おそいからね」

ふたたび悲鳴を上げたのが誰か、今さらいうまでもなかろう。

「放せ、少爺を放すのじゃ！」

「ご安堵なさいませ」

と男の声は、あくまで冷静だ。

「その孩子《こども》は仮にも僧形。有髪《うはつ》、修行中とはいえ、仏弟子が人を殺すのは戒律に反するぞ。破門になる覚悟があるのか――」

「あ、それは心配、要らない」

と、少年がさえぎった。

「悪人相手に遠慮はするな、悔い改める可能性のない奴ばらは、往生させてやるのが僧侶のつとめと、おいら、老師からお教えを受けてる。だから、覚悟しな」

とんでもないことを言い出した彼に、人質にとられている戴星までが目を剝いた。

漢臣の老師といえば、峨眉山《がびさん》の一空禅師《いっくうぜんし》である。戴星も面識があるが、小柄で痩《や》せて飄々《ひょうひょう》とした高齢、そして高徳の僧で、そんな思いきったことをいう人には見えなかった。

それに、この少年、戴星を助けるためにとびこんできたのではなかったか。

この場の主役の座を、いつのまにか、すっかり奪われていることに戴星は気づいていた。さっきまで、この場の主導権を握っていたのは彼だったのに、今は生殺与奪の権をふたりに握られている。もっとも、それを気に病むような戴星ではない。すっかり傍観者をきめこんで、漢臣の挙措《きょそ》と、腕を通じて伝わってくる男の動静とを比べていた。

「さ、どうする」

「――退《ひ》くわけにはいかぬ」

と――。

「困りましたね。それじゃ、いつまでたっても埒《らち》があきませんよ。夜が明けてしまう」

新しい声が、割りこんできた。今度は、床下からである。

「だれだ」

と、誰何されるまでもなく、さっき戴星が登ってきた階段から、ひょいと人の頭が現れた。

「公子、お久しぶりですね」

「希仁《きじん》か。ちょっと見ない間に、いい漢になったな」

いきなり、これである。

別れた時のいきさつからいえば、双方ともに気まずい思いを抱えている。特に、相手の目前で非常手段をとって逃げ出した戴星の方に、負担は大きいはずなのに、悪びれた風などかけらも見せない。

いや、もしかしたら、大きな態度でうまく気はずかしさをはぐらかそうとしたのかもしれないが、どちらにしても希仁相手には無駄というものだった。

「世辞をいってごまかそうとしても、駄目ですよ」

と、苦笑ひとつせず一蹴《いっしゅう》されて、戴星は動かせる範囲で肩をすくめて、天を仰いだ。

破れた天井から、月がのぞいていた。

「岳州に来たということは、鄂州で私の信《てがみ》を受け取ったということでしょう。だったら、なぜ、一番に私たちのところへ訪ねてきてくれないんです。待っていたんですよ」

「あんなせこい手、使いやがって。おれが、立て替えた金惜しさにのこのこ顔を出すとでも思ったのか」

「おや、じゃ、返さなくていいんですか？」

「返せ」

「おい——」

と、戴星の喉もとで剣がひらひらと動かされる。会話からはじきだされた男が、じれたのである。

「何者だ」

質問には、戴星が応《こた》えた。

「おれの軍師さ」

「公子——都合のいい時だけ、おだてないでいただけますか」

希仁の口も、容赦がない。

「じゃ、時の氏神というやつだ」

「まあ、そういうことにしておきましょうか。事情は、先ほどから物陰でうかがっておりました。いかがでしょう、ここは私の顔に免じて、双方、引き分けていただけませんか」

「——何故、そちの顔など立てねばならぬ」

とは、場の風向きが、奇妙な方へ変わったことをいち早く察知した雷允恭である。

「そちらに不利な話ではありませんが、雷太監。桃花源ということばに、お心あたりは」

「そうか。そちが、少爺とともに江南へまいったという落第書生か」

「さすがは、皇后陛下のご側近だけのことはある。なんでもよくご存知だ。では、容華鼎《ようかてい》という名も、ご存知ではありませんか」

一瞬、息を呑む音が室内に響きわたった。

「──なぜ、その名を」

「それは、私どももこの件と無関係とはいえぬ身ですからね、おかげさまで。そうですか、太監ともあろう方が岳州くんだりまでおいでになったのは、やはりごじきじきに桃花源を捜索なさるためでしたか」

雷允恭が皇后・劉妃の側近であり、十七年前の戴星の運命にも大きくかかわった人物であることは、包希仁《ほう》も聞いている。その雷允恭を、地方へ赴かせるだけの力を持った人間は、劉妃しかあり得ない。

その目的として考えられるのは、ふたつ。戴星の始末か、桃花源の調査か。

だが、今夜、立ち聞きしたところ、雷允恭個人としては戴星と手を組みたがった。ということは、戴星を殺すために下ってきたとは、考えにくい。それなら助けてやるとかなんとか、手を組む条件の中にも提示されるはずだ。

となれば、彼が直接にうけている命令は、桃花源の方となる。

「いかがです？」

「そちには、関係のないことじゃ」

「それが、あるんです。私が容華鼎を持っているものですから」

このことばに、激しい反応を示したのは雷允恭ひとり。思わず隅から身をのりだして、漢臣の棍に目の前をさえぎられる。

戴星には、容華鼎ということばが持つ意味は理解できなかった。彼を捕らえた男も同様である。

「ど、どこにじゃ！」

「今、ここに」

言いながら希仁は、ふところから、慎重に布のかたまりをひっぱりだした。襤褸《ぼろ》をぐるぐると巻きつけて、大きめの桃か蘋果《りんご》ほどに丸め、上から紐を厳重にまきつけたものだ。

「それを、どこから。どうやって入手した。桃花源に、どのような関わりがあると。いや、それが本物だという証拠は」

「銭惟演さまと関わりのあった賊が、杭州《こうしゅう》から逃げる時に残していった荷の中にあったもの――と、申しあげれば、証拠になりましょうか」

雷允恭は、うなずいた。

たしかに、ふつうの人間では知り得ない単語や事情を、この白面《はくめん》の書生は知っている。

「残念ながら、桃花源との直接の関わりは私にも、見当がつきません。ですが、これが南唐国が滅びる時にひそかに呉越国の手に奪われ、今まで元の呉越国王・銭家に秘蔵されてきた逸品であることは、たしかだと思います。ここへ来る道々、その証拠は集めてまいりました」

「それを——」

「公子を放してくだされば、さしあげましょう」

「だめだ、希仁！」

戴星が怒鳴ったが、長身の青年は無視をした。

「希仁！　渡してはならぬ、命令だぞ」

「だまりなさい」

しずかに一喝されて、あの戴星がぴたりと口をつぐんだのには、言った本人までが驚いたようだが、

「お解きはなちを」

布のかたまりをさしだしながら、要求を続けた。

「中身を、たしかめてからじゃ」

雷允恭が要求すると、青年はおどろくほど無造作にそれを放り投げた。太監のたるんだ

身体が、気の毒なほどに緊張した。さいわい、希仁の狙いはさほどはずれず、胸で受け止めた包みの紐を、雷允恭は震える指で懸命にほどいた。むろん、頭上では漢臣の棍が隙なく構えられたままである。

「――たしかに」

襤褸の中からは、ちいさな香炉があらわれた。白緑色《びゃくろく》の玉の色が、ちょうどさしこんできた月光の下でひときわ冴えたように見えた。

声はなく、雷允恭の視線の動きひとつで、戴星は不意に解放された。危険な場所にぐずぐずしている趣味はないから、一足跳びに窓際に走り寄る。戴星が窓枠に手をかけたのをみはからって、漢臣も棍を引き、太監のそばから飛びすさる。

「師兄《しけい》！　ちゃんとつかまえとかないと、また、公子が逃げるよ！」

「心配ありませんよ。例の金をお返しするまでは、いてくださるはずですからね」

「――悪党」

「おや、だれのことを言ってるんです？」

悠長な会話をかわしながらも、三人の視線は、よろよろと起き上がる雷允恭とそれに手を貸す男とに、油断なく注がれていた。

希仁が、静かに階段のあたりから離れる。

雷允恭たちと一定の距離を置き、大きな円を描くようにじりじりと、互いの位置を入れかえた。

雷允恭がまず、すさまじいきしみをたてながら階段を降りていった。男もそろそろと、身構えながら床下に姿をけしかけたが——。

頭をひっこめる直前、手にした剣を戴星めがけて渾身の力をこめて投げつけた。

むろん、戴星も漢臣も、希仁でさえ油断はしていない。戴星と希仁は身を伏せる。漢臣が予想していたような余裕で両者を結ぶ直線上に割って入り、棍をふるう。剣はかろやかな音をたてて跳ね返り、階段近くの床に深く突きささって不気味に震えた。

その時には、男の姿は、もう影も形もないのは当然である。たぶん一層目でだろう、床を踏み抜く鈍い音と大仰な悲鳴が聞こえたが、それきりになった。

「——さて」

沈黙にがんじがらめになる前に、最初に口をひらいたのはやはり包希仁である。

「何からお話ししたらいいものでしょうね。それとも、何からご釈明いただけるんでしょう」

「……いったい、おまえたち、なんでこんなところに現れた」

「奇遇ですね。私たちも、同じことをうかがいたいんですが」

「呼びだされたんだよ、あいつらに。寇萊公を見張っていたらしくて——」

「萊国公が、この岳州においでなんですか」

「配流の途中、身体をこわして留まっていたらしい」

「そうすると、まず莱国公を先に見舞われて、私たちのことは後回しにしたというわけですか」

「いけないか」

くってかかった戴星に、

「いえ、なかなかご殊勝な心がけだと申し上げてるんです」

めずらしく真顔でほめたもので、戴星は鼻の頭を紅くしたが、希仁の追及は甘くなかった。

「そういえば、玉堂はどうしました。いっしょじゃなかったんですか」

「さっき、別れた」

「おや、どうしてです」

「おれの始末料が、相場より安いことに気がついて、莫迦莫迦しくなったんだと。おまえたちこそ、よりによって、こんなところに都合よくいた——そういえば、宝春《ほうしゅん》はどうした。何かあったんじゃないだろうな」

いろいろと都合の悪い事情もある。追及がきびしくなる前に、それをそらしてしまおうと、ことさらに戴星は早口にまくしたてた。

「私たちも、呼びだされたんですよ。今夜、ここで会う約束を。宝春なら——宝春、もう降りてきてもいいですよ」

天井をむいて呼ぶと、星空を背に少女の笑顔が現れた。

「だいじょうぶみたい。近づいてくる奴はいないし、伏勢《ふくぜい》はなかったようね」

いいながら、穴の端に手をかけ、くるりと身体をひるがえす。あぶない、と思わず声をかけそうになった時には、もうきれいに両足をそろえて毛氈の上に着地している。紅い衣装に、背には斜めに双剣をおさめた鞘《さや》を背負うという、勇ましい姿で、戴星の顔を正面からのぞきこんでにこりと笑った。

「ごきげんよう、公子」

いいながら、自分の袖の裏で、戴星の頬を拭おうとする。さっき斬られた傷はごく浅いもので、傷口もふさがり、血も乾きかけている。だが、強心臓の戴星が、これには何故か気を呑まれて返答に詰まった。

「あ、ああ——」

あわてて顔をそむけて、自分の手でごしごしと頬をぬぐった。少女は、とたんにぷんとむくれる。

「なによ、その態度は。あぶないところを助けてあげたんですからね。お礼のひとつもいったらどう？」

「おまえに、助けてもらったわけじゃない」

「莫迦、希仁さんと漢臣によ」

「だから、誰によびだされたっていうんだ。ちゃんと説明しろ。だいたい、容華鼎って何の話だ。桃花源に関わりがあるようなものを、なんで、雷允恭なんぞに渡したりした！」

照れかくしに、話題をそらしたのが希仁の気にはいらなかったようだ。

「ごあいさつですね。交換にあれを持ち出さなければ、郎君《きみ》は今ごろ首と胴が別れのあいさつをしていましたよ」

「あいつは、脚ばかりをねらっていた。おれの動きを封じて捕まえるつもりだった。死んだおれが、雷允恭の役にたつはずがないからな」

「まあ、そういうことにしておきましょう。だいじょうぶです。あの香炉も雷太監の役にはたちませんから」

「――じゃ、桃花源に関わりがあるってのは、でたらめか」

「いえ、ほんとうです。たぶん。でも、本物の香炉は、ほら、ここに」

と、宝春を指で示した。

少女の白い手の上に、さっきの香炉と似たような大きさの物が載っていた。白緑色の玉が、とろりと眠そうな深い光を放っていた。淡い月光の下では、太陽光とちがってはっきりとは見えないが、それでもあきらかに先ほどの品と質が違うのは、戴星にもわかった。

「こんなものを――どこで」

「いったでしょう。殷玉堂が宿に残していった荷の中からみつけたんですよ」

「――じゃ、なんで、偽物なんか用意していた」

戴星には、ますますわからない。疑問の断片が頭の中を渦巻いているのだろう。質問が筋道だっていない。それに、希仁が辛抱づよくつきあった。

「用心のためですよ。いえ、太監どののためではありません。こんなところで、でくわすとは思いませんでしたからね。あるお人と逢うために、よく似た安物を用意していたんですが――ああ、来たようです」

「――しばらく前から、来ていたんですけれどね」

新しい女の声が、突然、室内に響いた。

「あんまり騒々しいんで、ちょっとようすを見ていたんですよ」

階段からでも、天井からでもなく、ほんとうに不意に、部屋の隅にわだかまる闇の中から声と、それから白い姿とがうかびあがったのである。

「お初にお目にかかります――と申しあげるべきなんでしょうね。あたしは李絳花《りこうか》、又の名を花娘《かじょう》と申します」

第五章　群星集結《ぐんせいしゅうけつ》

ひょいと小腰をかがめてあいさつした女を、戴星《たいせい》はただ茫然《ぼうぜん》とながめるばかりだった。

家を飛び出し、ついでに都をも飛び出して旅をしてきたのは、この女に逢うためだった。逢って、十七年前、生母を救った時のことを訊《き》くためだった。

だが、目の前にいるのは、年齢のころはどう見ても二十歳代、希仁《きじん》より少し年上といったぐらいの若い女なのである。母の失踪当時、十歳にもなってなかっただろう。これでは、母のことなど知っているはずがない。

旅回りの芸人だというだけあって、世慣れて愛想のよい——妙に馴れ馴れしい態度の女だと、戴星は思った。外の態度とは裏腹に、相手を小莫迦《こばか》にしたような、人を寄せつけない冷淡さも感じられる。

年齢の件もそうだが、想像していた姿とあまりにもかけはなれていることに、戴星は落胆を隠せなかったのである。

ただし、公平にいって、李絳花《りこうか》は美女の部類にはいる女だった。細面の白い顔に、きれいな杏仁型の双眸《そうぼう》がよく目立つ。宝春《ほうしゅん》とおなじ旅回りの芸人だというが、軽業主体の宝春と違い、踊りを見せていたといううわさだけのことはあって、その表情だけで人を魅了する力があった。

目のあたりが宝春に似ているなと、戴星は漠然と思った。

「それで？　包《ほう》希仁さまとは、どちらのお方？」

彼の思惑をよそに、この場の会話は続いている。

「なんだ、顔も知らずに待ち合わせていたのか」

と、戴星は呆れた。

「今まで、お手紙ばかりのやりとりでしたもの」

李絳花が弁明すると、

「鄂州《がくしゅう》で、宝春たちがこの人を見つけたんですが、わずかの差ですれちがってしまいまして。それでも、こちらで待っていてくださるらしいことがわかりましたので、あわてて追ってきたんですが――。実は、私が少ししくじりましてね。こちらのいきさつを話すのに、例の」

と、そこですばやく女の反応をうかがってから、

「壺中仙《こちゅうせん》の崔《さい》老人の名をうっかり出したところ、大変な不興をかってしまいまして。あ

やうく、また行方知れずになられるところを、何度も書簡で弁明して、やっと今夜、この時間、ここでという約束をしてもらったんですよ」

さすがの希仁も手こずったらしい。苦笑が自然ににじみでていた。

「なんでだ？」

と、これは戴星の当然の疑問。

「崔秋先《しゅうせん》の名が、なんでそんなに都合が悪い」

「当然でしょう。あの男が、すべての不幸の原因なんですよ。あいつさえいなかったら、あいつさえあたしたちのところへ紛れこんでこなかったら、こんな不幸は起きなかったはずなんですよ。そんな男とつながりのある人たちなんて、誰が信用できますか。宝春さんていう、このお人がいなければ、あたしは今夜だってここへ来る気もなかったんですからね——」

「座ったら、どうだい？」

激して、感情的になる女をみかねたのだろうか。絶妙な間合いと声音で、狄漢臣《てきかんしん》が水をさした。

緑色の毛氈《もうせん》は、さっきの騒ぎでくつがえされた酒肴《しゅこう》の皿のせいで、見る影もない。蠟燭が踏み消されなかったのは、奇跡としかいいようがない荒れようだったが、一同が座るぐらいの余地はなんとかあった。

この時間、この場所だからよりつく者もあるまいとは思うが、あまり明るいと、外部の者に不審をいだかれて、よけいな邪魔がはいるおそれがある。念のために、数本立っていた蠟燭を吹き消して、一本だけを残す。

上座に戴星、その正面に李絳花、戴星の脇に包希仁とそれぞれ座を占める。漢臣は棍を抱いて、階段のあがり口に座りこんだ。宝春は不安そうな表情をかくそうともせず、希仁のおだやかな勧めも聞かず、窓の外をめぐっている回廊に出て、外から内部を眺めていた。無理もない。

戴星でさえ、緊張のあまり、座る時に脚がもつれかけたほどだ。それでも、

「崔秋先が、何をしたって？」

ひと息ついたところで、口火を切って話をもどしたのは彼だった。

「あなたも、あの男をご存知なの？」

「──奴がいうには、十七年前、おれの母を助けたんだそうだ」

「十七年？」

年齢が合わないと思いながらも、戴星は女の反応をじっと観察していた。だが、つぶやいたものの、別段、表情の変化は現れなかったようだ。

「おれは、母を捜している。十七年前、李という名の女を助けた記憶はないか」

「なんで、あたしに訊くんです？」

「母は、花娘《かじょう》という名の旅芸人に連れられて、江南《こうなん》にむかった。都でそういううわさを聞いて、捜しにきたんだ。おまえは、さっき、花娘とも名のっただろう」

「たしかに、あたしは花娘ですけれどね。十七年前にそんなことをするには、若すぎるとは思いません、公子《こうし》？」

「思う。だが、訊いてみる価値はあるだろう。別人だとしても、同じ名を名のってるんだ。何か、関わりがあるかもしれないじゃないか」

「公子、ほんとにお母さまをさがしてらっしゃるの？」

「虚言《うそ》だと思うか」

「思えないから、お尋ねしてるんですよ。さあ、どうしよう……」

女は首をかしげ、肩ごしに宝春の方をちらりとふりかえった。

「そもそも、なんであなた方が桃花源のことをご存知なんだか、何故《なぜ》あたしを追いまわしてるんだか、それから——」

と、希仁の方をきっと見た。

「さっきの香炉をどうやって手にいれたのか、あれが桃花源とどうつながっていると思ってらっしゃるのか、全部説明していただかないと、信用できませんわね」

言外に、まだ信用したわけではないとはっきりと匂わせたが、それはそれで筋の通った要求である。聞いた戴星が、ぐいと膝を乗り出して、

「そうだ、それはおれも知りたい」

「調子にのらないでください、公子。人がどんなに苦労したか、知らないで」

青年は、めずらしくむっとした顔を見せたが、彼もまた、外の回廊の少女の姿を見ていずまいを正した。

「わかりました。一度、順を追って説明した方が、よいようですね」

狄漢臣が、自分の位置でかるくあくびをしたのは、何度も聞いて聞き飽きたのか、それとも他人事《ひとごと》だと思っているかのどちらかだろう。希仁は気にせず、ことばを続ける。

「まず、絳花さんにいっておきますが、私たちと崔秋先との関わりについては、先日来、申しあげているとおり、一味でもなんでもない。つきまとわれて、迷惑したこともあるぐらいです」

「それは、信じましょう——とりあえず」

「桃花源という話も、崔秋先の口から聞いたことです。崔秋先の手から、宝春を助けた時にね」

戴星と、宝春が同時にうなずいてみせた。

それを交互に見て、李絳花も無言で頭をかたむけてみせた。

「崔秋先が香炉をさがしていると言ったことは——公子は、憶《おぼ》えておいでですしょうね」

「鎮江《ちんこう》での一件だろう、おれたちが盗賊とまちがえられた。たしか——南唐《なんとう》の宮廷にあった香炉を、かたっぱしからさがして歩いていると」

「そして、この香炉です。先ほど申しあげました」

希仁の手の中に、ふたたび小さな香炉が現れた。女は、観察されていることを承知して
いるのか、顔色ひとつ変えなかったが、その眼の輝きを見逃す戴星たちではない。

その反応に満足した希仁は、さっと問題の香炉をしまいこんで、なにくわぬ顔で先を続
ける。

「さて、玉堂が最初、我々に関わってきたのも、宝春をさらおうとした時でしたね。陶
老人が、誤って殺された時――」

「ちょっと待て。そいつがはいっていたのが、玉堂の荷だとどうしてわかる」

「遠目ながら、六和塔の下からあの男の姿を見ているんですよ、私たちは。その上に宿の
主人に似顔絵を見せたら、まちがいないといいました。しかも、後で范仲淹どのから報
らせもいただきましたから、杭州から、郎君とともに姿をくらましたのは玉堂だとはっ
きりわかっています」

何をいまさら、莫迦なことを聞くといわんばかりの口調だった。

「玉堂に、そんな依頼をした人物の名は、公子、郎君が玉堂の口から聞いたはずですね」

「元の呉越国王の子、鄭王・銭惟演」

女の眉が、びくりとはねあがった。

「依頼人の名を明かすぐらいですから、玉堂が何らかの原因で、鄭王に意趣《いしゅ》を持っていたとしても不思議はない。玉堂だったら、そんな場合、どうやって意趣ばらしをしそうですか、公子?」

「なんで、おれに訊く」

「何日か一緒に、悠長な旅を楽しんでおられたからには、その性分も少しは呑みこんでいたんでしょう」

皮肉の棘《とげ》が痛かったのか、

「相手の、一番大事にしているものを盗むか、壊すか——」

わざとらしく片方の耳をふさぎながらも、戴星は考え考え答えた。

「そんなところでしょうね。これは、あくまで仮の話ですが、この香炉が、玉堂によって鄭王のところから持ち出されたものだとしたら——」

「どうなる」

「まあ、少し待ってください。話は少し飛ぶんですよ、これから」

にこりと笑って、希仁はもったいをつけた。戴星の位置から、漢臣があくびをしているのが見えたが、彼にしてはめずらしく、どちらに対しても何も文句はつけなかった。

「——武陵《ぶりょう》という地名は、ご記憶ですね、白《はく》公子」

「陶淵明《とうえんめい》の『桃花源記』だ」

「ここからは、目と鼻の先、洞庭湖《どうていこ》を渡って支流をさかのぼったところです。つい五十年ほど前は楚《そ》国の土地、そのあと楚を攻めた南唐《なんとう》の版図に入りました。南唐を滅ぼしたのは、宋《そう》国の太祖《たいそ》陛下と呉越国の銭家でした。仮に——仮にです。南唐が、楚国を攻めたおりに桃花源への鍵となるものを手に入れていたとしたらどうでしょう」

「そうだとしても、今ごろ、それがなんだか調べようはないだろう」

「ありますよ。すくなくとも、香炉の形をしているものであることは、ほぼまちがいありませんからね」

「何故——」

と、いいかけて、戴星はああとひとりで合点した。

「崔秋先か」

「南唐国にあった香炉を捜しているということは、そういうことでしょう。崔老人はどうやら、最初、香炉は他の宝物とともに宋国へ持ち去られたと考えていたのではないでしょうか。十七年前、東京《とうけい》の宮中あたりに出没していたと自称しているのも、そんな事情があったとすれば、説明も得心もできます。公子の母君を救ったのは、そのあたりをうろついていてふと起こした、仏心といったところだったんでしょう」

「あの男に、人助けなんて殊勝な心がけなどあるものですか……」

ここで初めて、女が口をはさんだ。激しい口調でいいつのりかけるのを、希仁は手ぶり

でおさえて、

「話は、まだ終わっていませんよ。ここからが私の苦労したところなんですから。崔老人は宋国に目をつけたが、実はそうではなかったのではと、私は考えたんですよ。なぜなら──」

と、また、宝春の方をうかがって、

「この事の発端にからんでいたのは、帝《みかど》ご本人ではなく──そのご眷族《けんぞく》と、銭家だったからです。銭家は玉堂の直接の依頼主でしたし、先ほどの太監どのの黒幕も、たしか、銭家の遠戚に当たられるはず。それに、こうも考えられませんか。南唐後主《こうしゅ》が、そんな大変なものを素直に宋にさしだしていたら、東京《とうけい》で幽閉されたまま、死ぬ必要があったかどうか。逆の言い方をすれば、後主が桃花源への鍵となる物をきちんと所有していたなら、それをさしだして命乞いしていたのではないか」

「つまり──さしだそうにも、持っていなかった？」

「おそらく、戦《いくさ》のどさくさにまぎれて、行方不明になった──もしくは、なったと思いこまされていたのではないでしょうか。では、南唐にも宋にもないとなると、残りは？」

「呉越国」

　戴星の、重い声だった。南唐後主を殺したとうわさされているのは、彼自身の祖父、宋の二代皇帝、太宗《たいそう》・趙光義《ちょうこうぎ》なのである。顔も見たことのない祖父とはいえ、肉親にはちがいない。

「だが、それはあくまで仮定の話だろう。仮定の上に仮定をかさねたって、証拠にはならないぞ」

「そういうと思っていましたよ」

戴星の激しい反駁《はんばく》をうけても、希仁は涼しい顔である。

「だから、苦労したといったでしょう。あちらこちらの役所の文書庫に、無理をいってもぐりこませてもらって、山のような古い書類をかきまわしてきたんですよ、私は」

「──苦労なんぞ、してないじゃないか。大兄の一番の得手だろうが、それは」

「いくら私がわざと殿試《でんし》を落ちるほど物好きだからといって、朝から晩まで書庫にいりびたるほどではありませんよ」

「まあ、いい──そういうことにしておこう」

話が脇道にそれかけたのを、戴星自身が修正して、先をうながした。

「まず、呉越国が宋に服した時、献上された品について調べてみました。これは杭州《こうしゅう》の役所に目録の控えが保存されていたので、閲覧は簡単でした」

「──王欽若《おうきんじゃく》を脅したんだろう、どうせ」

「お願いした、といってください。書類自体は大変な量でしたが、問題は香炉だけですから、調べるのは楽でしたよ。銘のある物すべて、その大きさや特徴まで微細に記してありましたから、それを書き写してきました。あとは、楚が滅んだ時、楚から南唐へ移された宝物と、南唐から東京へ献じられた物の目録があれば、いいわけです」

「――そんなものが、どこにあった」

「南唐から東京への目録は、南唐の都だった建康《けんこう》（現在の南京）にあることはわかっていました。それは王欽若どのにお願いして、書類の写しを鄂州《がくしゅう》まで送っておいていただくことになっていましたから、簡単でした」

「よく、あいつが約束を守ったな」

「郎君《きみ》に忠誠心をご披露したくて、うずうずしているんですよ」

「まっぴら、ごめんだ」

「まあ、少しは評価してさしあげても罰はあたらないと思いますよ。王知府どののおかげで、鄂州の役所の古い書類も好きに見せてもらえたんですし、その中から楚の目録の一部も見つけだせたんですから」

「――あったのか！」

「ありました」

さすがの包希仁も、得意そうに胸をはらずにはいられなかったらしい。満面の笑みをうかべながら、ふところから薄い紙を数枚取り出して、戴星と李絳花との間に、ていねいに広げた。

さっきから、李絳花はまた、声がない。あきれているのか感心しているのかは判然としないが、希仁の熱弁に興味を持っているのはたしかで、背筋を伸ばし、蠟燭の灯を動かして紙に近づけた。

「いちいち説明するのは無駄なので、簡潔にいいましょう。これが、楚から南唐の手に渡った香炉、こちらは、その中から宋の所有となったもの」

簡潔にというが、最初の紙には二十以上の銘が並んでいたし、次の紙にも十数個の品が書きつけてある。

「それから、これが杭州から東京へ送られた物の中で、第一の目録に書いてあるもの」

こちらは、数個である。

「わかりますか？」

問われても、数が多いから、ひと目でずばりと答えるのは無理だ。

「わかっているなら、とっとと言え」

短気な戴星らしいせりふが飛びだして、希仁はやれやれと肩をすくめた。

「これですよ」

と、指をおいたのは、やはりというべきか、「容華鼎」と記してある個所だった。

「あとにも先にも、これひとつだったんですよ。どさくさにまぎれてだか、堂々とした分け前としてだかで手にいれた南唐の宝物の中で、この容華鼎だけは、銭家が秘して手離さ

今月の新刊

笹沢左保

日下三蔵

2022 9 中公文

わたしの良い子

寺地はるな

出奔した妹の子ども・朔と暮らすことになった椿。決して《育てやすく》はない朔を、いつしか他の子どもと比べていることに気づき――。〈解説〉村中直人

●726円

炎を斬る

書き下ろし

を待ち受けていたの
であった。神の真意
に身を投じた甚助は、
ねる旅に出る。

神夢想流 林崎甚助2

●880円

庫　新刊案内

剣神

岩室 忍

仇討を果たした甚助
は、荒ぶる神の怒
を悟り、廻国修行に
剣豪塚原卜伝を訪

たい

生誕90年

絵本作家でアートディレクターの著者が、フランスから中国まで世界をぶらぶら食べ歩き、描いた旅のスケッチ。新たなエッセイ・コラムも満載し、初文庫化。

●968円

北欧

北欧2国NATO加盟へ

第二次大戦中、ロシアとヨーロッパの狭間で北欧の小国はいかに生き延びたか。その苦闘の歴史をドラマチックに綴る。〈解説〉岡崎久彦〈新版解説〉大木 毅

●1100円

録

没後10年

最初にもてなした佐藤春夫と檀一雄の思い出から、本田宗一郎との食卓まで。自宅に招いた友人とメニューの記録三十年分を振り返る。レシピ二品と人名索引付。

●990円

編

没後20年
文庫オリジナル

アリバイが消えたとき、笑うのは誰だ？本格推理から、サスペンス、そして著者の真骨頂たる宿命小説まで、バラエティに富んだ八篇を収録した初期傑作選。

●990円

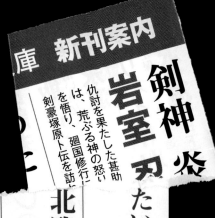

…庵の生涯を、…を共にした著者が哀…9傑作評伝。第41回読売文…賞。〈解説〉finalvent
●1320円

宋の皇子・戴星は、仲間たちと…の命を狙う刺客・殷玉堂と手を組むことに。不老不死の郷・桃花源を巡る中華歴史ファンタジー、クライマックスへ。

『短編小説礼讃』の著者による小説作法の書。「私の文章作法」「短篇小説論」に日本語論、自作解説等を増補した新編集版。巻末に荒川洋治との対談を収録する。
●1100円

司馬遷
武田泰淳

生誕110年

『史記』の構造を読み解きながら、個人の力に着目した司馬遷の歴史観を浮き彫りにする。著者の第一著作にして代表作。〈解説〉中野重治／竹内好
●1100円

人魚の嘆き・魔術師
谷崎潤一郎

人魚を賛美する南京の貴公子や、魔術師と半羊神の妖しい世界に遊ぶ名作。水島爾保布の挿画を口絵まで完全収載。〈解説〉中井英夫／前田恭二〈註解〉明里千章
●770円

なかったんです。太宗陛下に知れれば、南唐後主の二の舞となりかねない危険をおかしてまで、秘蔵しなければならなかった品とは、なんだったんでしょうね？」

問われるまでもなかったし、希仁も返答を期待していたわけではなかった。すくなくとも、戴星に答えを要求したわけではなかった。その視線は、はっきりと李絳花の方を向いていた。

それまで、どちらかといえばぼうと、春風の中にいるような顔つきをしていた青年である。顔だちはととのっているのだが、どこか頭の半分でよそ事を絶えず考えているような、浮世離れした雰囲気をまとわりつかせている男だった。それが、豹変とはこういうことをいうのだろうか。

「教えてもらえませんか、絳花さん。私の苦労に免じてということで」

口調は依然と変わらずものやわらかだが、その底にこめられた気迫があきらかにちがった。戴星ですら、おやと背筋を伸ばしていずまいを正したほどだ。それが、女にも伝わらない道理がなかった。

「──わざわざ、口に出して申しあげる必要がありますの」

ため息まじりにいったん、気をそらすような答え方をしたが、

「よく、お調べになりましたこと」

間接的に、認めた。

宝春が、回廊からこちらの方へ身を乗りだしてきたのが、戴星の位置からわかった。彼女の視線をとらえて戴星は、室内へはいるよう、やはり目くばせで命じたが、とたんに彼女はそっぽを向いた。

「宝春」

声に出して呼ぶと、けわしい表情を一瞬ふりむけて、ついと柱の陰に隠れてしまった。戴星の声につられて、この場の視線が彼女に集中したのが気にくわなかったらしい。

李絳花の視線を避けるような位置に移動したのが、かえって彼女の内心をはっきりと示しているようだった。希仁が、戴星の肩をかるくたたいたのは、そっとしておいてやれという意味だったらしい。事情を知らない戴星は、釈然としない表情ながらも、ひきさがった。

「ひとつ、うかがってもよろしいかしら、包希仁さま」

李絳花が、向きなおってたずねた。

「なんなりと」

「あなたが、それほど懸命になって桃花源だの香炉だのを捜したのは、何のためですの?」

「宝春のためですよ」

肩をいからせ身がまえて尋ねた女に、希仁はあっさりと答えてみせた。

「その——宝春さんと、あなたがたは、どういうお知り合い?」

「どういうって――」

戴星がまず、返答に詰まった。希仁でさえ、どう表現していいか困ったようだった。

「知り合いとしか、いいようがありませんね。まあ、偶然、旅に出る方向が同じだったとしか」

大嘘である。すくなくとも、この落第挙人は帰るべき故郷を大回りし、素どおりしてここに来ている。

「そんな程度の理由で、都からここまで、旅をしてらしたんですか」

「まあ、成り行きというか、首をつっこんだついでというか――おもしろそうでもありましたし、暇でもありましたし」

包希仁は、にこにこと人の良さそうな表情で韜晦《とうかい》して、

「ああ、そういえば、この白公子の一件もありましたかね」

「どうせ、おれはついでのついでだよ」

戴星も、この青年の口調と気性はある程度のみこんでいるから、憎まれ口でかるく応じた。が――。

「お母さまをお捜しと、さっきいいましたわよね」

「言った。知っているのか」

一瞬で、真顔にもどる。

「仮に。仮に、知っている――と、申しあげたら、どうなさいます？」

「会いたい」

「会って、どうなさいます」

「ひきとって――あとはまだ、考えてない。母の希望のとおりにする」

「会いたくないと、おっしゃったら？」

「とにかく、一度だけでも会いたい」

戴星は、引かなかった。

お互いの腹の底をさぐりあうようなにらみ合いとなった。それをほぐしたのは、やはり包希仁である。

「どうでしょう。こちらはこれだけ、事情をお話ししたんです。そろそろ、そちらも手の内を明かしてくれてもいいのではないですか。私のためじゃない。この白公子のためでもない。ここまで、自分の素姓を知りたい一心で懸命に旅をしてきた、宝春のためにです」

このことばで、宝春がくらがりの中で顔をあげたのを、戴星は見た。正確にいえば、影が動くのが見えた。

外は、月も深く西の空に傾き、しんしんと夜は更けていくばかり。あと一刻もすれば、水平線のあたりから白々と霧がたって、明け方を迎える支度が整うのだろう。

「――何から、お話ししたらいいんでしょうね」

永遠とも思える沈黙の末に、李絳花はようやく口を開いた。

「ことの起こりから——？　それとも、その小娘子《おじょうさん》の素姓から、申しあげればいいのかしら」

「わかっていることから、教えてもらえれば」

「香炉を見せてくださいな」

女の要求に応じて、希仁は三たび、ふところの中から白緑色の玉をとりだした。今度は、ためらいもせずにあっさりと、李絳花のさし延べてきた手の上にのせてやる。

「容華鼎に、まちがいありませんわ」

「どこでわかります」

「この三本の脚の一本に、小さな疵《きず》があるんですよ。あの時、崔秋先の奴から、やっとのことでとりもどした時についたもの——」

希仁の方を上目がちに見て、器用に片方の眉だけを上げてにらむ。

「偽物を用意したのは、あたしを試すつもりだったんですか」

希仁はかくしだてはしなかった。

「まあ、そのつもりもありましたね、いや——」

と、香炉を返そうとする李絳花の手を止めさせて、

「あなたが問題の李絳花で、桃花源に関わりのある人だとしたら、それは本来、あなたの

物だったんじゃありませんか」

「そのとおりですわ。あたしたちの物でした」

「たち——？」

「あたしたち姉妹のもの、あたしと、妹の綏花《すいか》のもの。あたしたち姉妹の家に伝わったもの。そして、桃花源にもどるためには、どうしても必要なもの」

香炉を胸に抱きしめ、そしてふりむく。

「そして——たぶん、あなたは、綏花の裔《すえ》じゃないかと思うんですよ。目のあたりが、あの娘にそっくりだもの。崔秋先の奴にだまされて、桃花の里を離れてしまったあの子に——。そうでしょう？　あなたなのでしょう、綏花？」

それは、もうこの世にはいないはずだと、彼女自身がほのめかした名だった。空にむかって呼んだ名に、しかし、はっきりと答えがあったのである。

『ええ、姐々《ちぇちぇ》』

宝春が、そこに茫然と立っていた——。

雷允恭《らいいんぎょう》の機嫌は、悪かった。

当然といえば当然の事態である。

白戴星と名のる少年——八大王《はちだいおう》の大公子《だいこうし》をここで運よく見いだしたまではよかった。岳州くんだりまで、わざわざ出掛けてきた甲斐《かい》があったとも思った。

本来、自分が敵として戴星の憎悪の対象となっていることは重々承知していたし、悔いあらためてみせても、手を組む余地がどれほどあったか。

説得が成功する確率がごく低いことは、いくら厚顔な彼でも承知していた。

説得が失敗するなら、それでもよかった。あの状況なら、とらえて強引にいうことをきかせるという方法もあったからだ。しかも、それはほぼ成功しかけていた。たかだか宦官《かんがん》相手と侮って軽装でやってきた戴星を、追い詰めほぼ手中にしていたのだ。

それなのに、予想外の闖入者《ちんにゅうしゃ》のためにそれも水泡に帰した。

いま一歩だけに、悔しさがつのる。

しかも、ひきあげる時にうっかりと床板を踏みぬいて、脚に傷を負ってしまった。

怪我としては軽傷の部類にはいるのだが、ふだん、微風にもあたらないような生活をしている太監にとっては、これは瀕死《ひんし》の重傷と変わりない。

「痛い——」

手当がすんでもいっこうに引かない痛みに、雷允恭はなさけない悲鳴をあげ続けていた。

(それでも——)

それでもほぼ勝利を手中にしているのは自分だという意識がなければ、耐えられたかどうか。

牀《ねだい》の上に座りながら、彼はさっきから香炉をためつすがめつ、飽きることがなかった。

(これが、容華鼎)

宿に帰ると、都からの書簡が届いていた。走馬承受《そうばしょうじゅ》の組織を使っての至急、内密の書簡である。相手は、劉妃《りゅうひ》の代理を名のる兄の劉美《りゅうび》。鄭王・銭惟演を脅しつけて事の真相を吐かせた手なみが、縷々《るる》書きつらねてあったが、それは雷允恭は読み飛ばした。銭惟演は、文才はあるが欲がひと一倍深く、そのくせ非常に気の弱い男だ。酒でも吞ませて、おだてと脅しとの二本立てで説得すれば、誰を相手にしても何でも話すだろう。なにも、これは劉美の手腕でも才覚でもない。

だいいち、問題の容華鼎はすでに、雷允恭の手の中にあるのだ。劉美より一歩も二歩も先んじて、桃花源に近づいているのだ。

「――容華鼎は、桃花源に至る途上で使用するもの。その使用方法を知る手がかりは、今のところ、桃花源の住人の末裔《すえ》にて、花娘、もしくは陶宝春と申す小娘ひとりのみ。容華鼎と娘と、ふたつながらそろって、はじめて道が開けるものらしい由。さて、容華鼎は先日、賊によって奪われた由、これはほぼまちがいあるまいと思われる。奪っていった賊は、殷玉堂《いんぎょくどう》と名のる無頼子《ぶらいし》の由。容華鼎の特徴は――」

あとに、いくつか個条書きがならんでいた。

白緑色《びゃくろく》の上質の玉製であること。

大きさは高さがやっと二寸（約六センチ）あまり、掌に載るほどのちいさなものであること。

装飾はほとんどないこと、鼎《かなえ》の形をしており、三本の脚は獣の顔をかたどっている。なによりの証拠は、一本の足に傷が――。

「なに？」

自分の足の痛みも忘れて、雷允恭が飛びあがったのも無理はない。

傷どころか、獣の顔そのものが、どこにもみあたらないではないか。

たしかに装飾はほとんどない。なんのへんてつもない香炉ではあるが、そういえば心なしかざらざらと細工の稚拙な部分が気にかかっていた。視覚ではなく、手ざわりでわかったのだ。

雷允恭は、指が火傷《やけど》しそうになるのも忘れて、蠟燭の灯りのそばへ香炉を近づけた。玉の質の判断は非常にむずかしく、いくら最上等の蠟燭を何本も点した明るい部屋でも、そう簡単に判別できるものではない。だが、この手の中にあるものは、玉の色にむらがあり、濁っているようにも思えた。こういったものを扱いつけてきた太監の勘のようなものが、雷允恭に働いた。

ぐしゃり――。

鈍い音が、深夜の闇の中に響きわたった。音より、振動の方がはっきりと伝わったかも知れない。

「――いかがなさいました」

従者としてともなってきている若い宦官たちが二、三人、宿の部屋の外でようすをうかがった時には、さらに大きな振動が、何度も何度もつづけざまに起こった。

むろん、彼らは雷允恭の今回の旅の用向きについては、ほとんどなにも知らされていない。地方の視察だか何かだと思っているから、こんな時に事情がわからない。たとえわかっていたとしても、上司の寝室に許可なく踏み込むわけにもいかず、彼らが長窓《ちょうそう》の外でただおろおろとしていると、ようやく内側から扉が開いて、

「あの者を呼べ」

雷允恭の姿があらわれた。

肥った身体ごしに、荒れた室内が見えた。椅《い》や卓《つくえ》や、調度類がひきたおされているのは、やつあたりしたためだろう。室の中央の床に、なにやらきらきらと光る塊があるのも見えた。しかし、緑色がかった光を放つそれが、香炉のなれの果てだと理解したのは、呼ばれるのを待っていたようにあらわれた黒衣の男だけである。

「これは？」

敵対する者などいない場所でも、男は物陰に身をひそめ、顔をくらがりの中にとどめて

いた。

「偽物じゃ。まんまと、偽物をつかまされたのじゃ、おまえのせいじゃ、おまえがこんなものを、受け取るからじゃ――」

とは、はなはだしいいいがかりだったが、男は一言も反論しなかった。

「逃がすな。岳陽楼までとってかえして、あやつらを捕らえてこい」

「すぐでございますか」

「今、すぐじゃ。あの者ら、三人を三人とも生きたまま捕らえてここへひき据えて、本物の香炉の在処《ありか》を吐かせるのじゃ、何をしておる、早う！」

「おことばではございますが」

と、彼はためらいがちの異議を申したてた。

「今から、岳陽楼へもどったところで、あの者らがいつまでも、同じところに留まっているとは考えられませぬが」

常識的に考えれば、それが当然である。まさか戴星たちがそのまま岳陽楼にいすわって、話しこんでいるなど、千里眼でもないかぎりわかろうはずがない。そういうことにぬかりのない包希仁が、わざと場所をかえようとしなかったのも、おおかた、相手の常識の裏をかくつもりだったのだろう。

それが、結果的には大あたりをしたといえる。

「な、ならば、さがせ。そうじゃ、寇準めのところを見張っておれば、何か手がかりがつかめるやも知れぬ」

「おそれながら、助勢をお願いいたしたく……。臣ひとりでは、あの者たち全員を捕らえることは無理というもの」

「何を、いうか」

「いえ、大公子と書生とだけならば、捕らえることなど造作もないことでございます。ですが、いまひとりは――」

「あんな、孩子《こども》がおそろしいのか！」

「いえ――」

小声で、彼は答えた。

「ただ、全員逃がしてならぬとなりますと、自信が――」

口ではそういいつくろった。うつむいて隠していたが、男の表情に恐怖に似たものが走った。恐怖ということばが不適切なら、畏怖《いふ》といいかえてもいい。

「捕らえられぬと申すか」

「………」

逡巡《しゅんじゅん》が、周囲の空気を染めた。

「それでも、捕らえよと命じる、ぞ」

決然と――といいたいところだが、男の躊躇《ちゅうちょ》が伝染してか、語尾をあやふやにごましながら、雷允恭は命じた。それで、ようやく決心がついたというわけでもないだろうが、

「承知いたしました。ただ、人手はどうしても必要ですし、しばしの時をいただければありがたく存じます」

「――よかろう、手のあいている者を、集めるがいい」

とはいっても、真夜中すぎの話である。いくら絶大な権限があるとはいえ、人が起きていなければ助勢もなにもあったものではない。しかも、雷允恭は主命で赴いてきているとはいえ、今はあまりおおっぴらに存在を主張できない立場にあった。

逡巡の間にも時が過ぎる。その上、怒りにまかせて忘れていた脚の痛みが、またぶりかえしてきた。

「これは――おそらく、床板の埃《ほこり》かなにかに毒が混じっていたのでございましょう」

あわてて傷口をあらためさせてそういわれ、雷允恭は目を回しかけた。

もしも、この場に戴星か漢臣がいれば、

「お上品なことだ」

ぐらいの嫌味のひとつもいったにちがいない。それぐらい、傷は浅かったのだ。そんな柔弱の身で、自分たちを捕らえろなどとはかたはら痛いと、戴星が聞いていれば笑いこけただろう。

幸か不幸か、この時刻は、戴星は岳陽楼で包希仁の講釈をおとなしく聞いている頃である。

「ひ、ひどいのか」

「今のところは、なんとも。ただ、今宵はこれから熱が出ましょう。ただ、安静にしておいでになることが肝要かと」

かといって、この夜中では医者を呼ぶこともままならない。自分が出かけていくことなど、論外である。また、医術の心得のあるこの男を、戴星たちのところへ遣《や》ってしまっては、自分に何事かあった時に心もとない。

彼は、歯ぎしりしながら夜が明けるのを待つより他なかったのである。

「──桃花源に至れば、至ってしまえば、かなわぬことなど、何ひとつなくなる。いま少しなのだ。もう、すぐそこに、桃花源があるというのに──」

何を逃したか、何を喪《うしな》ったのか、彼はまだ知らなかった。

「やはり、綏花なのね」

「いいえ、あたしはちがう。あたしは、何も知らない。何も言ってない」

宝春のうろたえようには、見ていてもつらいものがあった。

無理もない。

李絳花の口調につられたにせよ、自分の意思に反したことばが口をついて出てきたのだ。激しく首をふって、何かを拒絶するように両手を顔の前にかざした。

李絳花も、それに敢えてさからわなかった。

「そうでしょう。たぶん、あなた自身はなにも知らないはずですよ、宝春さんとやら。でも、あなたの身体の中に、綏花の血と記憶が流れてるのにちがいないんですよ。あなたのお祖父さんの話を、この包希仁さまからの手紙で読んで、そう確信したんです」

宝春の祖父、陶老人は殷玉堂の手から孫娘をかばって、芝居小屋の梁《はり》から誤って転落死した。その息をひきとるまぎわ、彼の姿はどんどんと若がえっていった。そして、みまかった瞬間、彼の姿はかすかな花の香りとともに、きれいさっぱり消え失せてしまったのである。

常識では考えられないような不思議だが、これは戴星もその両眼でしっかりと目撃しているし、他にもしっかりとした証人がいる。

だが——。

「老陶の姿が消え失《き》せ《う》てしまったのが、なんで綏花とやらの末裔の証拠になるんだ」

戴星が、理屈っぽく訊いた。

「なぜって、それがあたしたちの死に方だからですよ、公子」

さらりといって、女は笑った。笑ったように見えた。

「あたしは何事もなければ、人の世の中では何年だって、何百年だって、このままの姿で生きていけるんです。でも、ひどく傷ついたり、火傷をしたり――それから、生きる気を無くしたりして生きていけなくなったら、その時はきれいさっぱり、あとかたもなく消えてしまうらしいんですよ」

「――何故」

「さあ、どうしてでしょうね。そういう風に、できてるんだから、仕方がないじゃありませんか」

「花の精だから――か？」

「そう言う方も、いらっしゃいますわね。たぶん、桃《もも》の花精《かせい》かそんなものなんでしょうけど、あたしたちは気にしたことなんかなかった。あたしたちは桃花の里で生まれて、他の場所なんか見たことがなかったし、あたしたちと違う人たちがいるなんてこと――俗世なんてものがあるなんてことも、あたしたちもまた死ぬことすら、知らなかったんですもの」

「それが、どうして俗世に現れることになったんです」

しずかに口をはさんだのは、包希仁の低い声である。わずかに非難の口調をふくんでいるように聞こえたのは、気のせいだろうか。

「あたしたちのせいじゃありませんよ。すべて、あの男のせいなんです」

「崔秋先のことですか」

「あの頃は、まだ若くてようすのいい、才気煥発《さいきかんぱつ》な小才子って感じでしたわね。たしかに、才能もあったんでしょうよ。学問の才ではなく、左道《さどう》と詐欺師の才でしたけれどね。伝説やちょっとした手がかりから、桃花の里のことをつきとめて、入りこんできたんですよ」

「どうやって？」

「ふつうの手段で、里にはいりこむのは無理だったでしょうね。だけれど、あの男はあの時にはもう、壺を使っての仙術の使い手でしたし、年に一度、俗世にも桃の花が咲くころには、道が開きやすくなるんですよ。桃花の香りがなにかしら作用するんでしょうね。それ以外の時期に出入りするのに、この香炉を用いることもあったそうですから」

「なるほど——」

「でも、あたしたちは外へ出ていくことはしなかったし、里は山の奥のさらに奥にあって、近くまで来る人だってなかった——。とにかく、あの男がはいりこんできた時、さっさと追い払うべきだったんですよ」

李絳花は、そこでほっと重いため息をつき、首をふった。

「あたしたちもたしかに、退屈してましたわ。毎日毎日、争いもなく食べる物も着る物も不足したこともなく、しあわせでしたけれど。でも、なにか物足りないと、みんな心の隅で感じていたにちがいないんです。だから、ひきとめて大事にもてなして話を聞きました。

あたしも、一時は夢中でしたよ。だから、あいつのせいばかりとはいえなかったかもしれない。——妹の綏花が、特に熱心に話を聞いていたのに気づいたのは、あの娘が姿を消したあとのことでしたわ。一緒に、崔秋先がいなくなっていたのも、この容華鼎がなくなっていることもすぐにわかりました」

言って、彼女は手の中の玉の塊をつくづくとながめた。

「もちろん、すぐに追っ手をかけましたよ。いったんは追いついて、容華鼎はとりもどしましたけれど、綏花と崔秋先には逃げられてしまいました。一族の者は、すぐにあきらめましたわ。容華鼎だけでももどったのは、幸運だった。これから、誰がやってきても決して里の中に入れぬようにすればよい。綏花は、俗世の人となる道を選んだのだ。ほうっておけ——」

悲しいというよりは、悔しさの方が先にたった口調だった。

「ちょっと、待ってくれ」

李絳花の感慨に水をさしたのは、戴星である。

「その話を聞いていると、なんだか」

宝春の方をうかがい、ついで脇にひかえる希仁の顔をのぞきこんで、同意を求めるような眼をした。

「似てるような気がするんだが」

「『桃花源記』にですか。私も、そう思いましたが――」

「まさか、それが東晋《とうしん》の頃の話で、というんじゃないだろうな」

「かなり、潤色されていますけれどね」

女は、否定しなかった。

「漁夫に仕立てられたのは、崔秋先のようですわね。どこでどう、話が伝わったのか、本人にでも訊いてみないことにはわかりませんけれど。でも、あの男に都合のいい話になっていることはたしかですわ。だまされて連れ出されたあげく、捨てられた女のことなんか、どこにも書いてありませんからね」

「捨てられた？」

「ええ」

きっぱりと、李絳花は断言した。

「一族の者は俗世との接触を断つと決めたけれど、あたしは納得できなかった。あきらめきれなかった。あたし自身、二度と里にもどれなくなっても、綏花をさがしたい。とりもどした容華鼎を預かったのをさいわい、あたしも里を離れたんです。それはもう、さがしまわりましたわよ」

「見つかったのか」

「ええ、墓が」

戴星と希仁が、顔を見合わせる。

「でも、死んだら無に帰すはずなんでしょう。それで墓があるというのは、妙じゃありませんか」

「──死んだ？」

「もちろん、中にはあの子の衣服より他、何もはいってませんでしたわよ。最期のようすを人から聞いて、あたしは、そこではじめて自分の一族が死ぬってことも、死んだらどうなるかも知ったぐらいでした。あの子は──ひとりでその邑《むら》にやってきて、孩子《こども》をひとり産んだあと死んだって──。息をひきとってすぐに、あとかたもなく消えたって聞かされたときには、まさかと思いました。でも、もうどうしようもなかった。二十年も前の話だったんですから。唯一の救いは、村人たちが綏花のことを、仙女かなにかだと思って丁重に祠《まつ》ってくれていたことぐらいでしょうか」

ふたたび、戴星と希仁の視線がぶつかった。宝春の方を見る自信のなくなった戴星は、漢臣のすわりこんでいる階段の方をうかがう。さっきから声も、身じろぎする音すら、その方向からは聞こえない。最初の、気のなさそうな態度からすれば、居眠りをしていても無理はないと思ったのだが──。

漢臣は、棗《なつめ》のような目をさらに丸くして、じっと話に聞き入っていた。

「で──、生まれた子は？」

あくまで冷静に話を進めるのは、希仁の声だ。蠟燭の灯がはげしくまたたきはじめた。誰も動けなくなっているのを見てか、李絳花が先に吹き消した蠟燭の一本に火を移した。

「行方知れずになってましたわ。十歳すぎまでは、その邑で養われていたらしいんですけれど、大水だの戦乱だの、いろいろとあって」

「その子というのは、崔秋先の子ですか」

訊きにくいことを、ためらいもせずはっきりと訊く男である。真正面から訊かれて、女も答えようとしたが、その前に返事は別の方向からもどってきた。

『ちがいます』

「――宝春」

『秋先とは、里を出てすぐに別れたんです。だから――』

「綏花」

「――いえ、だから、そんな気が今、ひょっとしただけで――」

自分のものでない記憶の断片が、ふいに浮き上がってきては、自分の意思に反して知らないことを話すのだ。混乱しない方が、不思議というものだ。まして――。

「それから、どうしたの。綏花」

李絳花に、腕をとらえられとりすがられ、その名を呼ばれてはたまらない。

「――いや！」

悲鳴に似た声をあげ、女の手をふりはらって、逃げだそうとした。

実際、回廊の手すりをのりこえようと、手をかけるところまではやったのだが、その手の上をさらにひとまわり大きな手が押さえて、動作をさえぎった。

「白公子」

「あぶないじゃないか。降りるなら、階段を使え」

「屋根づたいに降りれば、三階やそこら、たいした高さじゃないわ。うっちゃっといてよ」

「今ごろから、どこへ行く気だよ」

夜明け前の、闇がもっとも深くなるころである。室内に灯りがひとつあるだけに、外の闇の深さは底知れないものがあった。

「あたしの勝手じゃないの。公子こそ、自分は六和塔の上から飛び降りて人に肝を冷やさせておいて、勝手なことばかりいわないでちょうだい」

たしかに、何も言えた義理でない立場の戴星だが、だからといって、はいそうですかと言い負かされるような性格ではない。

「それとこれとは、話が別だ」

意味不明なことを口にして、宝春の手をとらえたままひっぱった。

「なにが別なのよ。離してよ」

「いいから」

「なにがいいのよ」

「いいから、座れ」

強引に室内にひきもどして、自分の隣に座らせた。そうしておいて、李絳花の目をにらみすえて、

「悪いが、宝春にむかって、綏花とよぶのはやめてくれ」

きっぱりと言った。

「ずいぶんなおっしゃりようですことね、公子」

李絳花も、この言い方にはむっときたらしい。

「あたしには、あなたがたに事情を全部お話しする義理はないんですよ。その気になれば、ここから宝春さんひとりを連れていって、綏花の記憶を呼びもどして、ふたりして桃花源へ帰るってこともできるんですからね。なんだったら、今からそうしたって――」

「その宝春が、いやがってるんだ」

「だからって、あたしが公子に指図されるいわれはありませんよ」

完全に気分を害したか、女はつんとそっぽをむいた。

これには、宝春の方があわてた。

「白公子、あたしのことなら、もういいわよ。まだ、お母さんのことを訊かなきゃいけないんでしょ。あたしのせいで怒らせて、手がかりがなくなったら」

「だったら、それでもいい。母のことは、自分でさがす」

言い出したら、戴星も意地になる。

このまま任せておいたら、せっかく会見にまでこぎつけたのに、女を敵にまわしてしまうと判断したのだろう。

「公子、郎君《きみ》こそだまっていてくれませんかね」

希仁の声に、返事はなかった。それを、了解と強引に解釈して、

「事情は、おおよそわかりました」

おだやかな微笑で、希仁はその場をなんとかとりつくろおうとした。

「——つまり、妹御のかわりにその裔を連れて帰ろうと、何百年もかけてさがしておられた、そういうわけですね」

青年の笑顔が効力を発揮したかどうかは不明だが、彼の終始冷静な態度は、女の信頼を得はじめていたのだろう。女の態度がすこし軟化した。

「崔秋先に邪魔さえされなければ、もっと早く、みつけられたし、こんな騒ぎにもならずにすんだんですけれど」

「崔秋先が、何故？」

「あいつも、もう一度、桃花源にもどる必要ができたんですよ」

「——そうまでして、あの老人が執着するには、それなりの理由があるはずですね。桃花

源とやらには、いったい、何があるんです？」

　これまた、ずばりと訊いたものだ。戴星も宝春も、漢臣すら息を呑んで膝を乗り出したが、

「お答え、できませんわね」

　女は、気をくじくような言い方で、拒絶した。

「私たちが、信用できませんか」

「悪い方ではないと思いますわ。でも」

「気にくわない？」

「失礼を承知で、申しあげますよ。皆さん、あなたもそちらの公子も、それからそちらの仏弟子も、皆さん、ほんとうのご身分を隠してらっしゃるような気がするんですよ。ほんとうのことを話してくださらない方々に、どうして大事なことをあらいざらい、話さなきゃならないんです？」

「要するに、信用できないということじゃないですか」

　と、他人《ひと》ごとのように希仁が笑った。漢臣はかるく肩をすくめた。戴星は――何か言いたげに口を開いたが、思いなおしたようにひき結んでしまった。

「とにかく、今はまだ、お話しできませんわ」

「では、ひとつだけ答えてください」

「何ですの？」

「何があるかは、崔秋先も承知していることなんでしょうね。足を踏み入れたこともあるぐらいなんですから」

「――ええ」

いやいやながら、女が答える。

「わかりました」

と、希仁は膝を軽くたたいて背筋を伸ばす。

「何がおわかりになりましたの？」

「これ以上は、訊いても答えてもらえないようですから、のこりは崔老人に訊くことにしましょう」

「冗談じゃありませんよ」

とたんに、女のかなきり声があがる。

「あの男と、手を組むとおっしゃるんですか。それとも、あたしを脅すつもりでそんなことをおっしゃるんですか」

「別に、手を組むなんて大仰なことじゃありませんよ。ただ、一方の話だけを聞いてすべてをわかった気になるのは、不公平だとは思いませんか。我々はただ、真実を知りたいだけなんですよ。ことに、この私はね」

「……かないませんわね、まったく」

と、女は意外なほどあっさりと折れた。

「よろしいでしょう。——でも、なんといって、言いあらわしたらいいのか、あたしにもわからないんですけれど」

「形のない物ということですか？」

「ええ、すくなくとも、俗世でいう金とか玉だとか、値打ちがあるとありがたがっているものではないですわね」

「——どういうことだ？」

とは、戴星。だまっていろといわれて、おとなしくしていたのは、ほんのしばらくの間だ。好奇心に背中を押されて、また膝をのりだしたのだが、希仁の冷たい視線にあって首をすくめる。

ふくみ笑いをもらしたのは、李絳花の方だ。機嫌が、少しはなおったのか、もともと悪意は抱いていなかったせいか、

「そうですね。敢えて申しあげるなら、失くした物があるとでも」

ものやわらかな口調で、言いなおした。もっとも、

「ますます、わからなくなった」

「そうですね。公子のようにお若い人には、まだわからないかもしれない」

外見は二十歳代の女には不似合いなせりふだったが、戴星の胸に奇妙な余韻を残したのは、ほんとうに数百年の間、人間《じんかん》をさまよってきた者だけが知っている喜怒哀楽がすべて、こめられていたせいかもしれない。

いつになく戴星が神妙な顔つきになったのは、たしかにそのことばのせいだった。その表情をうかがうような眼をしていた李絳花だったが、

「公子。お母さまにお会わせいたしましょうか」

とつぜん、あちらから申しでたのだった。一瞬、座の空気がかっと沸騰《ふっとう》したように思えた。

「ほんとうに——？」

「ただし」

身をのりだした戴星に、正面からことばがなげつけられる。

「絶対に、公子のお母さまかどうか、保証はいたしませんよ。あたしは十七年前、崔の奴がつれていこうとしたお人を助けて、かくまっただけですから」

「母にちがいないんだ」

「もし、まちがっていても、恨まないでくださいね。それから、たとえ真実、お母さままであったとしても、お姿に驚かないでくださいますか？」

「——病気か」

「さ、今は申しあげない方がよろしいと思います。今からおいでになります？」

「行く」

言う前に、もう立ち上がっている。

つられて宝春も立ち上がりかけたが、じっと動かない希仁と漢臣に気づいて、ためらった。

「いっしょにおいでにならないんですの、希仁さま」

「私ですか」

「あなたにも、お会わせしたい方がいますんですよ」

思いあたったことはあるようで、希仁は軽くうなずいたが、

「――最初は、私たちは遠慮した方がよくはないですか、公子」

彼らしくなく、ためらった。

「何故」

不思議そうに戴星が訊くと、めずらしく眉根を寄せ、迷うような表情をみせて、

「お目にかかったら、結果がどうあれ、私たちのところへ戻ってきてくださると約束してくださるなら……」

「いや」

戴星は、きっぱりと首を横に振った。

「いっしょに来てくれ」

「かまいませんか」

希仁が念を押す。

その口調で、彼が何を案じているか理解したのだろう。

戴星も、一瞬、息を詰め、逡巡したらしい。だが――。

「来るなといっても、ついてくるんだろう、おまえたちは。文曲星《ぶんきょくせい》、武曲星《ぶきょくせい》」

希仁の双眼をにらみつけながら、そう言った。

「では――」

「どうせ、文曲星にかくし事をしても無駄だしな。もしも――もしも、母上が困ったことになっているのだったら、どうしたらいいか、おまえに考えさせてやる。おれを補佐させてやる。それが、おまえの役目なんだろう」

「御意《ぎょい》」

嚙みつくような口ぶりと傲慢《ごうまん》な言葉づかいは、照れかくしと、それからかくしきれない不安をまぎらわすための虚勢だとわかっている。だから、希仁はしずかに一礼した。

彼のことを、文曲星と呼んだのだ。

おのれもまた、自身の運命を背負う決意を、戴星はしたのだろう。

ふたりの会話を、他の三人はそれぞれの表情でながめていた。

事情がまだのみこめていない、宝春。それ以上に奇妙な顔をしている李絳花。そして、どこか醒めた眼つきの漢臣。

「じゃ、ご案内いたしましょう」

と、李絳花が立ち上がる。希仁が、我にもどったように、表情をひきしめて、

「ちょっと待ってください。たしか、寇萊公《こうらいこう》と会っておいでだといいませんでしたか。あちらには、きちんと話をしてこちらへおいでになったんでしょうね。まさか、ご老人をだましたり、この前のように逃げだしたりしてきたのではないでしょうね」

「莫迦をいえ。そりゃ、危険なことはするなと止められたが、連絡はすると約束してきた」

納得させてきたといわないところが、要である。そのいいまわしに気づいているのかどうか、

「では、絳花さんといっしょに行く前に、ひとことでいい、連絡をしてご老人を安心させてさしあげなさい」

「これから――？」

「紙と筆なら、私が持っていますから、一筆」

「しかし、だれがそんなものを届ける」

「――漢臣、使いに行ってくれますか」

「ああ、いいよ」

事でひきうけた。この場で、李絳花とその連れとに興味も関わりも持っていない唯一の少年は、ふたつ返

希仁にふところからとりだした紙束をつきつけられて、戴星はすこし嫌な顔を見せたが、おとなしく筆を走らせはじめた。

——会談の相手は、雷太監。申し出は拒否した。御身は、一日も早く岳州を発って任地に赴くよう。雷州《らいしゅう》は都より遠い分、かえって中央の息も届きにくいだろうから、安全かもしれない。自分は母親の手がかりを得たので、会いにいく。

数行で、簡潔に記した。あまり詳しく書くと心配をするし、また、のぞきこんでいる希仁にとやかく詮索されかねない。性格を体現したような、よくいえば闊達《かったつ》な文字に、希仁が苦笑したようである。

ちいさく折りたたんだそれを受け取り、漢臣に、寇準の宿と彼の容貌をくわしく説明する。

「おれの筆跡は知っているから、うたがわれないとは思うが」

念のためにと、ふところから刀子《とうす》をとりだし、紐をはずして渡した。これは開封《かいほう》からずっと持ち歩いているもので、寇準の前でも一度、ふるったことがあるからきっとおぼえているだろう。

「届けるのはいいけど、おいら、どこへもどればいいのかな」

「ここから洞庭湖の岸沿いに西へすこし行ったところに、ちいさな漁村があります。そのあたりで、李絳花の舟と訊いてくれれば、すぐにわかりますよ。そろそろ、土地の漁師たちが早朝の漁に出るころですから」

黒い湖面に、うっすらと霧が出てきていた。闇の底に、そろそろと朝の気配がしのびよろうとしていた。

第六章　血風《けっぷう》

話は、すこし時をさかのぼる。

寇準《こうじゅん》の宿で、戴星《たいせい》と別れた直後の殷玉堂《いんぎょくどう》は、当然のことながら機嫌が悪かった。

刺客《しかく》の遺体の始末という仕事も、あまり楽しいものではないが、こちらは慣れている。手近な水路へ乱暴にたたきこんでうさばらしをしたが、まだ腹がおさまらない。

——あの老人が一国の宰相であったことは知っているし、その政敵にしてみれば万金を積んでも消したい存在にはちがいない。だからといって、白《はく》戴星というあの少年——仮にも皇族のひとりを始末するより高い値がつけられていたのが、納得いかない。しかも、刺客としての腕も無頼《ぶらい》としての貫禄も、玉堂より格段に落ちる男に、それだけの金額が提示されていたのが、腹だたしかった。

たしかに、当時、玉堂の方にも早急に開封《かいほう》を後にしなければならない事情はあった。本気で仕事を遂行する気があったかと訊《き》かれれば、なんとも答えられない。事実、なかば放棄したような状況が続いてきた。それにしても安い金で体《てい》よく追い払われたのだとわかっては、うれしいはずがない。

始末をひきうけた相手は、口先のうまい、わがままな豎児《こぞう》で——そもそも、六和塔《りくわとう》で対決したときに、うかうかと少年の口車に乗ってしまったのがまずかったのだ。

情けなどかけずに、とっとと始末してしまえばよかったのに——戴星の申し出にうなずいた時の自分の、酔ったような感情ははっきりと思いだせる。そして、今でもそれを、心の隅で不愉快と思えない自分が、自分でもなんとしても不可思議だった。

他人に信頼される人間になど、なりたいと思ったことは一度もない。人をわざと裏切ってみせて、ざまをみろと快哉《かいさい》を叫んだことはあっても、信用に応《こた》えて感謝されたことはない。非常手段に訴えるような仕事をかたづけてやって、礼をいわれたことはあるが、その礼の中にはかならず、侮蔑や恐怖の成分が含まれていた。

人から嫌われることには、慣れている。好かれたことなどないし、好かれようとも思わない。他人に甘い顔など見せれば、たちまち隙につけいられるのがおちだ——ずっと、そう思ってきた。

（——だのに、何故《なぜ》だ）

戴星が、玉堂を全面的に信頼していたわけではないことはわかっていた。刀子《とうす》をその身から離したことは旅の間、一度もなかったし、夜、休む時には必ず三節棍《さんせつこん》を抱いていた。

どんなに熟睡しているように見えても、かすかな足音で飛び起きたのは立派だと、玉堂も認めざるを得なかった。

そのくせ、わがままのいい放題で、いざ厄介事となると、簡単に玉堂に解決をおしつけて自分は高見の見物を決めこんでしまう。鄂州《がくしゅう》に着いてすぐ、人相の悪い連中に囲まれた時も、玉堂に応対を任せて他人事のような顔をしていたものだ。

ちょうど、江賊《こうぞく》をはたらこうとした舟の水夫《かこ》たちを舟の帆柱にくくりつけ、罪状を書いた貼り紙をした上で降りてきたところだったから、最初はその仲間かと思っていた。だから、まともに相手をする気にならなかったらしい。

それが、包希仁《ほうきじん》の名が出たとたん、戴星は真顔になった。手紙があるといわれて、それまでのそ知らぬふりをやめ、玉堂の喧嘩腰を制した。文面を読んだ上で、むこうの要求どおり、素直にたてかえるといいだした。金銭は、蘇州《そしゅう》を発つ時に范仲淹《はんちゅうえん》からある程度を持たされてきたから、問題はない。しかも、戴星のふところのもので、玉堂には関係がないといえば、いっさい関係のないことだった。だが。

――それが、妙に腹だたしかった。

戴星の、人のふところの中にまっすぐに飛びこんでくる鷹揚《おうよう》さに、玉堂は眩惑《げんわく》されていたのかも知れない。いざという時には、背中を預けられさえしたのだ。悪い気はけっしてしなかった。だが、その信頼が、あと一歩のところで完全なものにならないことに、不満を感じていたのかもしれない。包希仁の名が出れば、少年は一も二もなくその指示に従うのに、玉堂の名では無理だ。それが当然だということはわかりきっていなかった。

ただ、それをはっきりとした言葉であらわし、自覚する術《すべ》を彼は持っている――。

――どうせ、自分はだれにも必要とされていない人間だ。それならば、悪事のかぎりを尽くしてやればいいのだ。何を今まで甘い顔をして、あんな豎児《こぞう》を相手にふりまわされていたのやら。仕事を放棄した上は、一刻も早く開封へかえって、もらったものはたたき返して気楽な身分にもどるのだ。

そんなことを、暗い街中の道を早足でたどりながら、考えていた。夜半とはいっても、十七日の月が夜道をおぼろげに照らしていたから、歩くのには不自由しなかった。

どこへ行くと決まったところはない。とりあえず開封へ帰ると決めたものの、この夜中に北へむかって歩きだすつもりはない。とりあえず、夜を明かせる場所――家の物置か土地神の祠《ほこら》でもみつけて、ひと眠りして、それからのことだと夜を透かした時だった。

弾弓《だんきゅう》の弦の鳴る音、礫《つぶて》の風を切る音は聞き慣れている玉堂である。彼自身、もっとも得意とする得物《えもの》だったからだ。だから、第一撃は余裕をもってかわすことができた。

「だれだ――」

などという、無駄な誰何《すいか》は玉堂はしない。訊いたところで、応える莫迦《ばか》がいないのは、彼我《ひが》の立場を入れかえてみればわかる。むやみに声をはりあげて、自分の位置を相手に教えるのも、莫迦のすることだ。

無言のまま、とっさに人家の壁を背にとって、身がまえた。

二撃、三撃、礫の音がばらばらと続く。音からして、身体に突きささるようなことはないが、相手は複数のようだ。

弾弓の弾は、矢とはちがって身体に突きささるようなことはないが、当たりどころが悪ければ痛みで身体が麻痺《まひ》することもある。妙なものを弾代わりに使われれば、視界を奪われることもある。同じことを、玉堂自身もやったことがあるからだ。前面の危険に、玉堂は気をとがらせた。だが、それだけが他の方向へ隙をつくった原因だったろうか。

背中は厚い土壁だから気を緩めるのは当然として、その上にまで思いが至らなかったのは、やはり頭の隅で何か別のことを考えていたからにちがいない。

とにかく、鋭い気配に月の照る空を見上げた時には、相手は壁の上から身を躍らせていた。湾曲した白刃が鋭い輝線《きせん》を描いたと見た時には、もう間に合わなかった。

「――っ！」

直撃を避けられたのは、玉堂の、人並みはずれた勘によるものだ。

ふつうの者なら、確実に額から顎のあたりまでは斬り割られていたにちがいない。

左肩にざっくりと刃が入る音を、玉堂ははっきりと聞いた。鮮血が飛び散るのもわかった。

月光の下で、自分の血はどす黒く見えた。身体の痛みを感じるよりも、思わぬ不覚に腹の底の方がかっと熱くなった。

その怒りに似た感情が、傷つけた相手に対するものか、自分の不注意にむけられたものか、それともその原因を作った少年に対してのものか、判然としないままに、玉堂は刃の二撃目をかろうじてかわした。

かわすと同時に、逆に流れるような動作で相手の手元へ飛びこむ。右手一本で、相手の手首をねじりあげると、悲鳴をあげて簡単にとりおとしてくれた。

いったん地に落ちたそれを、敵を突きはなして右手でひろう。

ちゃんとした武器さえ手に入れば、玉堂にこわいものはない。左肩からの出血が、腕をつたって滴り落ちる感触があったが、手当はこの修羅場を脱してからのことだ。

「何者だ」

誰何は、刀をとりあげられた男に向けたものだった。

「俺を、東京《とうけい》の殿玉堂と知ってのことか」

「……東京から来たんだ」

喉《のど》もとに白刃を押しあてられて、男は声を絞りだした。言わねば、そのまま刀が横へすべることは明白だった。

「玉堂を、消すから——手を貸せとたのまれたんだ、何人もで襲うから心配はいらない、礼金ははずむからって……」

震える声からして、かなり若い。訊かれもしないことまで、ぺらぺらとしゃべるのは、場数をふんでいない小者だということだ。

「誰にたのまれた」

玉堂が声をおさえてすごむと、

「たすけて、くれ、助けて」

命乞いする声に対してもどってきたのは、冷たい金属の感触だけである。あきらめたように、

「召伯子《しょうはくし》の甘《かん》」

告げる声が消えないうちに、男の喉《のど》からは絶叫と、血飛沫《ちしぶき》が飛び散っていた。その声がまだ消えないうちに、次の刺客の刃が玉堂の身体をかする。

「何故だ」

請け負った仕事の放棄は、たった今、決めたところだ。たとえば今、通告を開封まで送ったとして、それが届くまでに数日はかかる。とすれば、この襲撃は違約を責めてのことではない。

地上で、玉堂の周囲に影を見せているのは、ざっと十人ほどだろうか。

身近にせまってきた者のうち、ひとりの腕を斬り落とし、いまひとりをのけぞらせた。

動きにつれて、壁から玉堂の背が離れる。背後からつっこんでくる恐い者知らずを、ひょいとかわしてつんのめらせておいて、右手の片刃の刀の背を首にひっかけて引き寄せた。一連の動作が、まるで背後にも目があるようなあざやかさである。そのうえ、左腕に力がはいらなくなっている不自由さなど微塵《みじん》も感じさせないなめらかさ、素早さである。

「理由は」

腕の中の男に、詰問する。

「あんたは、いろいろ知りすぎているからな」

髭《ひげ》づらの、中年の男が歯をむきだしてせせら笑った。知らない顔だが、相手が玉堂のことを知っているらしいことはさっきと同じだ。玉堂も、この男の名ぐらいは知っているのかもしれないが、訊く気にはなれなかった。

それにしても、表情も口調も卑《いや》しい男だった。玉堂もまっとうな道を歩いてきたとは言いがたいが、この男はそれ以上の堕落のしかたのようだ。いや——今のような生活を続けていれば、あと、十年もすれば、玉堂もまた、この男のようになるのかもしれない。

「仕事の途中でか」

「今度のことだけじゃない。他にも、あんたにまずいことを知られている奴はいるからな。ちょうど、いい機会だと思われたんじゃねえか。気の毒だな」

男の左手に、細い刀子が握られていたことに気づくのが、一瞬、遅れた。

玉堂の腿に、細い刀が突き立った。男は腹を狙ったらしいのだが、双方の身長と姿勢からその位置になった。

玉堂は、うめき声もたてなかった。逆に、刀をからりと逆手に持ちなおして、思いきり男の腹を刺した。

絶命した男の身体を、すぐには手離さなかったのは、断末魔の声に誘発されたように、ふたたび礫の嵐が襲ってきたからだ。男の身体を急場の盾に利用しながら、玉堂の視線は退路を求めて、周囲にぬかりなく配られていた。

もともと、夜目がきく男である。月明かりの下で、影法師のように見える人の動きをすばやく読みとり、手薄な方向を見定めるなどたやすいことだ。

負傷を感じさせない身のこなしとともに、血飛沫がまたひとつ立った。用済みになった男の身体は、もちろん、そのあたりの地面に置き捨てている。

それにつまずいて、二、三人が出おくれてくれる間に、玉堂はさらに目前に立ちふさがったふたりを、それぞれ真っ向から斬りつける。ひとりは耳から頬をざっくりと割られ、ひとりは目をまともに斬り裂かれた。

そして、玉堂の姿は物陰にわだかまる闇にまぎれた。

「追え――」

弾弓で、上からねらっていた連中のひとりだろう。声をおし殺して下知《げち》が飛んだ。命令されるまでもなく、ひたひたと足音が走り去る。

闇づたいに逃げるつもりだろうが、あれほどの出血だ。ていねいに追っていけば、すぐに追いつける——。だが、彼らが玉堂の長身をふたたびみつけだすまでには、予想外の時がかかったのである。

岳州《がくしゅう》は、もともとは長江《ちょうこう》に直接面した城市《まち》として昔から開けていた。だが、蜀《しょく》の険しい山の間を縫ってきた大河は、平地に出るとその流れを一定したものに保てず、しばしば氾濫《はんらん》をくりかえした。そして、そのたびに流域を変えることもめずらしくなかったのである。

この時代、岳州は長江からはへだたっており、その間には湿地帯がひろがっていた。追っ手から逃れるのなら、陸路より水路の方が有利だ。ことに、傷を負った身なら、一刻も早く水辺に出る必要があった。

舟を見つけて水上に出てしまえば、出血からあとを突き止められる危険性も少なくなる。岳州が長江に面していれば、玉堂はまず舟で下流へ逃れることを考えたろうが、今の岳州では、そうは簡単にいかない。もっとも近い水辺は洞庭湖《どうていこ》だということは、彼は昼間から頭の中に入れていた。

そういうわけで、玉堂の長身が岳陽楼《がくようろう》の近くの葦原《あしはら》の間にあらわれたのは、偶然とはいえないものがあった。

だが——。

そのちいさな入江に彼がたどりついたのは、まったくの偶然だったにちがいない。葦の間に杭をうちこみ、板を渡しただけの簡素なつくりの舟着き場に、近在の漁師の舟だろうか、細長い、たよりなげな舟が一隻もやってあった。

周囲に人家らしきものは見あたらず、人の気配も皆無だった。

玉堂はそこまでをたしかめて、はじめてほっと大きく肩で息をついた。その上下動で傷口がひきつり、激痛が走る。

悲鳴は、声にならなかった。

声を出してもいっこうにさしつかえない場面ではあるが、喉の方がそれに応えてくれなかったのだ。

逃れる時はただ懸命で何も感じなかったものが、ほっと気をゆるめたとたんに一挙に襲ってきた。

左肩と脚の傷の痛み、不覚をとった口惜しさと、依頼主の違約に対する憤り。

もっとも、違約という点では、玉堂だとて人を責められた義理ではない。仕事の放棄を決めたのは今夜だが、その前から戴星といっしょに、一見のどかに旅をしていたのだ。仮に、彼の行動を監視している者がいたとしたら、とっくの昔に裏切り者として処断されてもいい状況にあった。その考え方は、遡江《そこう》してくる間、玉堂の頭の中にも時々うかばないでもなかった。それを知らぬふりを決めこんでいたのは、

(――おもしろかったのさ)

ここへ来て、ようやく玉堂は自分に対して認める気になった。

(ざまはない。この殷玉堂が)

他人に興味を持ったのだ。

あの少年の、気紛れな機嫌の行方や、打てば響くような憎まれ口や、それから――どこへころがっていくかわからない将来に。それはちょうど、どんな目が出るかわからないところが、骰子《さいころ》を振る気持ちに少し似ていたかもしれない。

危険な分、賭けて当たれば見返りも多い、大きな勝負なのだ。

そして、口惜しいのはあの包希仁とやらいう落第書生たちは、当たりの目を知っていて、その目が出るのをじっと待つばかりといった余裕があることだ。玉堂には、賭ける資格もないというのに――。

「くだらん」

声に出して、彼はつぶやいた。

言葉を口にしなければ考えがまとまりにくくなっているのを、彼は傷の痛みのせいにし

た。実際、視界がすこしかすみかけている。一刻も早く血を止めないと、これでは追っ手に居場所を知らせているようなものだ。

返り血を浴びたせいもあって、玉堂の肩はむろんのこと、顔の半面から長身の身体の大半は鮮血のために、どす黒く染まっていた。まず、この血を洗い流さなければならない。それから傷口を洗って——だが、玉堂は、薬はおろか、傷口をしばる布ひとつ持っていなかった。

奪ってきた刀はまだにぎりしめたままだが、役には立たないし——。

力なく舌打ちした時だった。

目の前の小舟の、胴の間の鞍《くら》の形にかけられた覆いの中から、何かが動く気配がした。

「——だれです?」

身がまえた玉堂が虚を衝かれたのは、女の声だったからだ。細い自信なげなその声に何故か、聞き覚えがあると思った時、

「絳花《こうか》さん?」

人待ち顔をした声の主が、するりと目の前に現れたのだった。

最初、亡霊ではないかと思ったのは、杭州《こうしゅう》に置き去りにしたきり、今の今まで忘れ果てていた女の顔がそこにあったからだ。

見まちがえるはずはない。夜分だからか、顔を隠していないもので、よくわかった。額

から目のあたりにかかった黒い染みは、他の人間にあるようなものではない。

「おまえ、何史鳳《かしほう》——」

女が玉堂の正体に気づいたのは、それよりひと息遅かった。女がかざした小さな明かりは、女の顔は照らしだしたが、玉堂のひそむところまではなかなか届かなかったからだ。だが、声でそうとわかったらしい。

「まさか」

呑んだ声が喉でくぐもって、ひきつった音をたてた。

それで、女が亡霊でないとようやく、わかった。もっとも、それでもうひとつの疑問が解決したわけではない。——何故、こんなところに、この女が。

そもそも、女に行き先など告げなかったのだから、玉堂を追ってきたとは考えられない。ならば女の身で、何故、どうやって岳州まで来た、何の用で——。

だが、その質問を口にする前に、女の顔に浮かんだ恐怖と嫌悪の色が、玉堂の神経を逆撫でした。

反射的に、ぐっと右手の刀を握りなおした時だ。

「——どなたですか、史鳳どの」

女の背後から、女の声がもうひとつ、聞こえたのだ。

なんともかぼそい、たよりな気な、そのくせりん、と張りつめた銀の糸をかき鳴らすよ

うな美しい声だった。史鳳がふりむいて、

「なんでもございませんわ、夫人」

答えるのが聞こえた。

（――夫人？）

貴人の女性に対する敬称である。こんなうらさびれた葦原の、漁舟に乗っているような女を呼ぶようなことばではない。

「でも、誰かいるのではありませんか」

「はい――」

史鳳はこちらの方をあらためて見て、また顔色を変えた。ついさっきのような嫌悪の色ではなく、純粋な驚愕《きょうがく》が目のあたりに浮かんでいた。

「絳花どのがもどられたのですか」

「いいえ、夫人」

「そなたの知人でも？」

「はい――顔見知りでございます。怪我をして追われているようで――」

「まあ」

そのたったひと声に、なんともいえない慈愛がこもっていたと感じたのは、玉堂の虫のいい誤解だったろうか。

「何をしておいでですか。すぐに、こちらへ入っていただいて、手当をしてさしあげなさい」

「でも、夫人。知らぬ者を舟に上げてはならぬと、絳花さんに」

当然、史鳳はためらったが、それは玉堂への嫌悪のためというよりは、舟の中の婦人への遠慮のためのようだった。

「危急の場合ではありませぬか。さ、早く。御身が不承知ならば、わたくしがお連れいたします」

人の動く気配がしたのを、史鳳があわてて止めた。

「おでましになってはなりません。あたくしがまいりますから、夫人はそこにおいでくださいまし。さ――」

そして、女たちの会話を立ち尽くしたまま聞いていた玉堂にむかって、史鳳は手招きしたのである。

「夫人のお許しが出ました。でも、傷の手当がすんだら、すぐに立ち退いてくださいましよ」

渡し場の薄い板は、玉堂の荒い足取りを受けとめてはげしくたわんだ。舟端を越える時に身体の均衡をくずし、ぶざまなかっこうでころがりこんだまま、しばらくは起き上がれない。

何史鳳はすこしためらっていたが、

「ここは、だめです。とにかく、中へはいって」

かがんで、玉堂の肩のあたりにささやいた。

彼女の力では玉堂の身体をひき起こすことなど無理な相談だし、ちいさな舟の上で下手に均衡を崩すと、ふたりとも水の中に落ちてしまう。それがわかったから、玉堂はようよう半身を起こすと、右腕と右膝の力だけで前へ進んだ。握りしめていた刀を、衣の下に隠したのは、女ばかりらしいと気配で感じたための、彼なりの遠慮だった。

竹を網代《あじろ》に編んだ覆いの中へ、玉堂が全身をいれてしまうと、その背後で史鳳が黒い垂れ布をおろした。一瞬、玉堂が視力を喪ったのは、ささやかな油燈《ゆとう》の光でも闇に慣れた眼にはまぶしすぎたからだった。

だから、夫人とやらの姿をその目でとらえるまでには、時がかかった。

「そのお人ですか、史鳳どの」

おっとりと、穏やかな声だった。

「はい、夫人」

「傷は、深いのですか」

「——は、はい」

光の下であらためて見ると、衣は紅で染めたようになっていた。玉堂自身が、これほどひどかったとはと目をみはったほどだ。史鳳が顔をそむけたのも、無理はない。気の弱い女なら、血の色を見ただけで気絶するだろう。

だから、夫人と呼ばれる女の手がまっすぐに肩に伸びてきた時には、玉堂はとびあがるほどおどろいた。

「痛みますか」

「いや――」

「痛いはずですよ。これほどに出血しているではありませぬか。さ、早く上衣をとって。史鳳どの、水を汲《く》んできてくださいますか」

女の手の動きがおかしいことに、まず気がついた。ついで、回復した視力が女の姿をとらえて、ようやくその違和感の理由が判明した。

――小柄な女だった。年齢のころは、四十歳代――いや、やつれているからそう見えるが、実際は三十代のなかば、もっと若いかもしれない。つぎだらけの粗末な衣はまとっているが、妙に身ぎれいなところが、とても漁師の女房には見えない。手足も同様だ。陽《ひ》には灼《や》けているが、細く今にも折れそうだ。そして――。

その手は、目の働きもしていた。

女の双眸は、堅く閉じられたままだったのだ。

奇妙に静かな表情のまま、女は指先で玉堂の傷をあらためた。細い指が血に濡れるのもかまわないのは、見えていないせいだろうか。だが、狭い舟の覆いの中では血の匂いがこもって、むせかえるばかりとなっている。ちいさな鍋に水を汲んでもどってきた史鳳が、思わず顔をそむけ、鼻と口を袖口で覆ったほどだったが、それでも女は平然としていた。

「少し、痛みましょうが、我慢なさいまし」

おだやかに釘をさされては、意地でも悲鳴はあげられない。まるで、この女の前では幼い孩子《こども》にもどったようになると、玉堂は頭の隅でふと考えていた。もっとも、彼の孩子の頃が今より素直だったわけではないが。

肩の傷を洗い、油薬を塗って布で縛りあげて肩の止血は終わった。女の手際はとても視力がないとは思えないほどで、逆に史鳳はほとんど役にたたなかった。脚の傷は、玉堂が自分で治療した。

血染めの衣は舟端から湖に浸し、舟にあった漁師の衣をとりあえずまとって、玉堂はほっと人心地ついたのである。

「これで、しばし休まれれば、血も止まりましょう。お若いようだし鍛えておいでのようですから、すぐに回復なさいます」

「――礼をいう」

と、素直に頭を下げた玉堂に、史鳳が目を丸くした。

「迷惑をかけたついでに、恩人の名をうかがいたいのだが」

訊いたのは、柄にもなく好奇心が働いたからだ。言葉づかいひとつとっても、なにやら曰《いわ》くのありそうな女である。

「失礼でしょう」

史鳳が声をとがらせた。

「すぐ、出ていってくださる約束でしょう。それに、このお方は、本来ならあなたごときが口をきくのもおそれおおい方で――」

「史鳳どの」

女が、やわらかにさえぎった。

「かまいませぬ」

「申しおくれた。俺は、殷玉堂という」

「東京の無頼者でございます、夫人。夫人が御名を教えられるような身分の者ではございませんわ」

「おい――」

玉堂の声が、すごんだ。史鳳の身が、びくりとすくむ。

ひょんなことから、開封から杭州まで夫婦者を装って旅をしたふたりだが、その間のつらい思いを史鳳が忘れられるわけがない。いつ、何時、この男の気が変わるかわからなかった。変わったら最後、殺されるか売りとばされるか、明日をも知れない日々に怯《おび》えていたのだ。玉堂が杭州の宿から姿を消し、李絳花に出会うまで、生きた心地もなかった彼女が、二度とあんな思いはしたくないと決心していても不思議はない。

自分にもこの夫人にも、おまえなど関わらせるものかと、懸命に口を出し玉堂の好奇心をさえぎろうとしたのだろう。だが、玉堂のひとにらみの前に、彼女の気力は簡単にくじけてしまった。

だが、玉堂の眼力も夫人には通用しない。かえって、おだやかな、そしてはかなげな微笑をむけられて、玉堂はつづける声を失っていた。

「わたくしは、李氏《りし》と申します」

おだやかに、彼女は名のった。

「――絳花、と、さっき、聞いたような気がしたが」

「それは、わたくしのことではございませぬ。この舟の本来の持ち主で――今は、人に会いに出かけておりますが」

「もしや、それは李絳花のことか。十七年前、東京で花娘《かじょう》と名のっていた」

なんとはない勘だった。

――十七年前、花娘こと李絳花とともに姿を消した婦人が自分の母だと、戴星は彼に話していた。だから、まず、李絳花をさがすのだと。

「絳花どのを、ご存知でいらっしゃいますか」

夫人の顔にも、わずかに警戒の色がわいたようだ。

「いや。だが——」

なんといって、説明すればいいのだろう。いきなりおまえは李妃《りひ》かと訊くのもはばかられるし、素直に是《はい》とはいうまい。戴星の名を出したところで、彼女にはだれのことかわかるまい。戴星の本名を知らないでもないが、それも八大王《はちだいおう》と狄妃《てきひ》に保護されたあとにつけられた名だ。

ためらった視線が、史鳳の目と合った。

（——この女）

知っている。

逸らした視線が、何より雄弁に物語っていた。少なくとも、この李夫人とやらの本当の素姓を、史鳳は知っているのだ。

「もしや——白公子《こうし》の母親か」

自分にむけられたその質問に、史鳳はたしかに顔色を変えた。だが、その変え方が尋常ではない。

虚をつかれて、一瞬、わが耳をうたがうような、不安そうな表情になったかと思うと、

「——今、なんといいました？」

「白戴星と名のる公子は、知っているな」

念を押した。

玉堂が戴星と開封で別れた時、戴星は金線巷《きんせんこう》の何史鳳の妓楼を訪ねるといっていたのだ。聞いた時は、さほど気にもとめていなかったのだが、今、ようやく玉堂の脳裏で話が一度に収束してきた。

「ええ——でも、何故、あなたがあのお方のことを」

「知り合いだからさ」

「うそ」

「虚言《うそ》だと思うなら、それでもいい。奴が岳州にいるという事実には、かわりないからな」

「白公子が、岳州に？」

史鳳の視線が揺れた。李夫人と玉堂との間をせわしなく、往復する。

「本当に、白公子の母君が——？」

「——史鳳どの、どうしたのですか。白公子とは、どなたのことです、玉堂どの」

「俺の知人で、白戴星という公子がいる」

「戴星？」

「ただし、偽名だ。本当の名を、趙受益《ちょうじゅえき》という——らしい」

「趙——」

李夫人の、水のようにおだやかだった表情にゆるやかな漣《さざなみ》がたった。めずらしい姓ではないが、彼女が玉堂の想像したとおりの人物ならば、特別な意味を持つ。

「その正体は、皇族、八大王家の長子だそうだ。表向きはな」

「…………」

「くわしいことは知らん。だが、生まれてすぐに母親は陥れられて行方不明、おのれはあやうく殺されるところを人に救われて、八大王家の子として育てられたと聞いた」

直接、本人の口から聞いたことは少ない。ほとんどは、開封での包希仁と范仲淹や狄妃たちの会話を盗み聞きして、知り得たことばかりだ。だが、

「生みの母をさがすために、家を飛び出して――この岳州までは俺とともに来て、つい先ほど別れたばかりだ。李夫人――いや」

ほかに何ひとつ確証がなかったとしても、玉堂の話を聞くうちに夫人の頬を伝いはじめた涙を見た者は、そう訊かずにはいられなかっただろう。

「李妃さま、ですな」

史鳳にふたたび目をやると、目を大きく見開いたまま、

「では、夫人があの公子の？」

茫然とつぶやいた。

「知らなかったのか」

「あたくしは、杭州の宿で絳花さんと出会って――顔を癒《いや》せるかもしれないからと、ここ

へ来たんです。その時に夫人の御身の上をそれとなくうかがって、身の回りのお世話を申しあげることになりました。でも、白公子のご事情もあたくしはあまりよく知らなかったし——」

「……十七年前」

李夫人のちいさな口が、ぽつりとつぶやいた。

「わたくしも、絳花どのに連れられてここまで参りました」

「失礼だが、その目は、いつ？」

「さ——毎日、泣き暮らしておりましたもので、ここへ来た時にはもう」

史鳳が、もらい泣きの涙をそっとぬぐった。玉堂にはいまひとつ、実感としてはわからないのだが、思わぬ災難に見舞われて何ひとつ頼るもののなくなった女には、泣くことしかできまい。もっとも、視力まで失ったのは、きっと心労に加えて過酷な逃避行の中でなんらかの病気を発したためだろう。

「——あの。まことでございますか。十七年前、わたくしが産みまいらせた御子《みこ》が、ご無事で成人なさっておいでなのですか」

このことばで、すべてが決まった。

皮肉なものだと、玉堂は頭の隅でちらと考えた。

——戴星を始末するという「仕事」は、彼が母親をみつけるまでという約束で延期した。

その仕事を放りだしたとたんに、見つかるとは――それも、戴星ではなく玉堂が見つけてしまうとは。

玉堂には、李妃に真実を告げてやる義理はない。だが、なんとなく嘘がいえない真摯《しんし》なものを感じて、玉堂はうなずいた。

「あんたが――いや、御身が真実、李妃さまであられるなら、御身の子息は、生意気でむこうみずで――まっすぐな漢《おとこ》に育っている。元気すぎて、手を焼かされた」

なんということを――と、史鳳が眉を吊り上げたが、そんなものは玉堂には威嚇にもならない。李夫人はといえば、またほろほろと涙をこぼして、

「なかば以上、あきらめておりました。わたくしがこのようなことになって、御子のお命が無事なはずがないと。でも、そうですか、八王爺と狄妃さまが」

そっと、胸の前で両手を合わせる。だが、

「無事、どころの話じゃない。今の帝《みかど》に子がないものだから、皇太子の候補にあげられているという皮肉な話も、ちらほら聞いている」

玉堂が付けくわえたとたんに、李夫人もさっと顔色を変えた。

「あの、でも、御子は今、岳州に来ておられると」

「だから、家を出てきたそうだ。あんたを捜して――」

「玉堂どの」

李夫人にいずまいをあらためられて、玉堂も思わず背筋を伸ばした。

「今まで、御子とごいっしょだと申されましたね。今は、どちらに」

「さ——宿だと思うが」

実は違うことを知っているが、さて、その場所にまだいるかどうか心もとないし、呼び出された事情など話をしても仕方がない。

まして、あれが罠だったとすれば、今時分、どうなっているかわからないなどと口にできるはずもない。

相手が女だからといって、手加減や心配りをするような玉堂ではないが、何故かこの小柄な婦人に対してだけは、どうも分が悪いのだ。

「申しわけありませぬが、御身の口から都へもどるように説いてさしあげてはいただけませぬか。お身体がそのようすですから、無理にご自身でとはお願いできぬかもしれませぬが、ならばせめて一筆」

「なぜ、俺が」

「ともに旅をなさっていたのです。御子は御身を信頼しておいでなのでしょう？」

誤解だ、とは、何故かいえない玉堂だった。だが、

「ただ、そのおりに、わたくしが生きていると知れないようにしていただきたいのです」

つけくわえられて、

「会われぬおつもりか」

　さすがに、玉堂も驚いた。

　親子の涙の対面などという陳腐なものは見たいとも思わないが、ふつう、一刻も早く会いたいと思うのが人情というものではないのか。だが、李夫人はきゃしゃな肩ごとかぶりをふった。

「わたくしは――罪を得て、民間に逃れた者です。十七年もの間、この舟で漁師たちの為にわずかばかりの針仕事をして、やっと糊口《ここう》をしのいでまいりました。都のことも宮中のことも忘れて、もうすっかり、庶民の女になりきってしまいました。それを今さら、どんな顔をして御子の前に出ていけと申されます。こんないやしい女が、御身の母親だなどとどうやって申したらよいのです。まして、皇太子にもなろうというお方の母君などと。八大王家の公子として成長なさったのなら、狄妃さまがれっきとした御子の真の母君です。他にどんな母親が必要でございましょう」

「夫人、でも――」

「わたくしはとうの昔に死んでいたことにすれば、よろしいのです。そうすれば、御子もあきらめて都へお戻りになりましょうし、立派な帝になられることも――」

「それで、いい――いや、よろしいのか」

「はい」

きっぱりとうなずかれて、玉堂は柄にもなく迷った。

「しかし――」

その逡巡を感じとったか、李夫人は声をあらためると、

「ならば、史鳳どの」

「はい」

史鳳も、この小柄な婦人には、どこか頭のあがらないものを感じているらしい。

零落したとはいえ、一度は思うことの何ひとつかなわないことがないという贅沢な生活《くらし》をした妓女である。めったなことでは他人に素直に頭を下げる女ではないはずが、李夫人に呼ばれると、姿勢を正して御前にかしこまるといった風情となった。

「御身が御子のお顔をご存知ならば、絳花どのがもどってこられたら、絳花どのと御子とをひきあわせていただけませぬか。御子がわたくしの消息をもとめて、絳花どのをさがしておられたのなら、逆に絳花どのの申しあげることなら信用なさいましょう」

おだやかそうに見えて、ああいえばこうと、決して自分の意思を曲げないところが、戴星に似ている。なるほど、これは確かに母子らしいと、妙なところで玉堂は感心した。

一方、命じられた史鳳はそれどころではない。

「どうしましょう――」

困惑の度を深めたのは、気のすすまない役まわりを頼まれたからではないらしい。

「どうした」

「知らなかったのです、夫人がまさか、白公子の母君でいらしただなんて」

「それは、さっき聞いた」

「いえ、そういう意味じゃないんです。絳花さんは、希仁さまに会いに行かれたんですよ」

「包希仁？　奴も、岳州に来ているのか」

「ええ。希仁さまは、白公子の身辺に深く関わっておいでですから、絳花さんと会えばかならず、夫人の話が出ると思うのです。訊かれれば、絳花さんが虚言《うそ》をいうはずはなし――」

それは、玉堂と史鳳と二組の眼が、李夫人の顔をとらえるのと同時だった。

「史鳳さん」

外から、たしかに女の声が聞こえた。

「史鳳さん、今、もどりました。夫人は起きておいでですか」

「――こんな舟の中？」

葦の中からその舟の姿をちらりと認めたとたん、真っ先に、不満の声をあげたのは、宝春だった。

「ほんとうに？　こんなところに人が住んでるの？」

「舟の上が、一番、安全なんですよ。このあたりは洪水やら、水害の多いところだし——水の上へ出てしまえば、めったな者もやってきませんしね。あたしが不在の時は、信頼できる漁師の女房に舟のこと一切をたのんでます。けっして、ご不自由はおかけしてませんよ」

「わかっている」

うなずいた戴星だが、その眼の中にやはり、わずかな躊躇があるのを見逃すような希仁ではない。

「しかし、いきなり、暗いうちからご婦人の住まいを訪《おとな》うのは失礼じゃないかと思うんですが」

暗いといっても、そろそろ、湖面に立った朝霧が白く見えてきている。陽こそまだ上らないが、物のかたちは判別できるほどに明け初めている。

「せめて、目醒《めざ》めておいでだとはっきりしないうちは、私たちは遠慮した方がいいと思うんですが。どう思います、公子」

これが常なら、希仁の言い分が正論であったとしても、

「こわいのか」

とかなんとか、かならずからかうはずの戴星なのだが、今回ばかりは喉の奥でなにやら不明瞭な声を出したのみ。あとはぼんやりと舟の輪郭の方を、遠くからのぞんでいるばかりである。

片手に持った棒の束――三節棍を、無意識のうちに片手に軽く打ちつけ、金具の音をたててしまってとびあがるのも、彼らしくないそぶりだ。

ちなみに、この三節棍は岳陽楼の入口にかかっていた額の裏に、戴星自身が隠していたものだ。

「――これみよがしに武器をもって、のりこむわけにはいかなかったからな。逃げる時に、取りやすいように、入る時に隠しておいた」

どうだ、ぬかりはないだろうとばかりに、得意気に希仁にむかって胸を張ってみせた彼だが、ここへ来る間にだんだん無口になって、あげくがこのざまである。

宝春《ほうしゅん》が、心配そうな顔をして、

「あたしが、ひとりで先に行きましょうか」

申し出た。

「あたしなら、もしお寝みのところでも、そうは失礼にはならないだろうし。その――史鳳姐さんがいっしょなら、よけい、あたしが行った方がいいと思うの。あちらにある程度の事情をお話しして、こちらにあちらのようすを報告して、それから会った方がいいかもしれない」

これもふだんなら、希仁も宝春にすべてを任せるようなことはしなかっただろう。だが、史鳳の名を出されると、彼も弱かった。

鄂州で宝春からその名を聞くまで忘れていたような相手だから、色恋沙汰など思いもよらない希仁だが、だからといって容色を失った女に会って平然としていられるほどの情け知らずではない。

「よろしいですか？」

李絳花が念を押し、男ふたりがうなずいた。宝春がにっこりと笑って、背中に背負った双剣をゆすりあげ、絳花のあとを追った。

水辺からはかなり離れた、乾いた土手の上で、ふたりは立ち止まる。そのまま、葦の生い茂った斜面を降りていく女ふたりの衣を見送って、

「どうも──おたがいに意気地のないことですね」

「めずらしく、同感だ」

憮然《ぶぜん》と、しかし素直に戴星はうなずいた。

「──史鳳さん」

絳花が呼ぶ声が、朝霧の中にこもって聞こえた。どこかで水鳥の鳴き声がする──と、そばだてた戴星の耳が、他の音をとらえた。

「——希仁！」

「なんですか」

戴星のように修練を積んでいない希仁には、少年が感じとった気配を同様に知ることは不可能だった。

だが、彼にも背後の葦原の中から、不自然な動きを判別するほどの注意力はあったのだ。

「——雷太監の手の者でしょうか」

「たぶん。懲《こ》りない奴だ。だけど、何故、ここがわかった」

「私の判断のあやまりでした。たぶん、漢臣《かんしん》がつけられたんでしょう。もっと、漢臣に注意しておくべきでした」

少年の命令が、そのことばにかぶさる。

「希仁、舟に知らせろ。岸を離れろと」

「しかし、公子」

舟には——。

李妃らしい婦人がいるというだけではない。ようやく捜しあてた李絳花と、宝春も乗りこんだところだ。ここで沖へ漕ぎだされてしまったら、いつ、再会できるかわからなくなる。

だが、

「相手は、尋常じゃないんだぞ。こうなったら、おれの痕跡は塵《ちり》まで消したいはずだ。だったら、この場を見た者の身もあぶない。だれが乗っているにしろ、女ばかりの舟を巻きこむわけにはいかないんだ。安全なところへ逃れるように言え。早く！　行け」

戴星の判断は正しいと、希仁も認めざるを得なかった。

腕力に自信のないことを、希仁は今まで恥と思ったことはなかった。だが、今ほど口惜しいと思ったこともなかった。

守るべき主君を置いて、後方へ走らねばならないのだ。仕方のないこととは知りながら、歯ぎしりをしながら、希仁は斜面を一気に駆け降りた。途中で、足をすべらせて尻もちをつく。衣の腰あたりまで、泥だらけとなったのにもかまわず、また起きあがるなり、

「――絳花さん、舟を出せ！」

だが、その声は途中で凍りついた。

舟の胴の間の竹の覆いの中から、垂れ幕をはらいのけて出てきたのは――。

「宝春」

それも、ただの姿ではない。得意の双剣を抜き放って、後ずさりしてきたのだ。舟の上が狭いために、まだ剣を一本に重ねたままだが、構えには隙がない。それだけ、彼女は本気ということだ。

宝春がそれほど真剣にならねばならない相手とは――。

「殷玉堂！」

少女を追うようなかっこうで、ぬっとあらわれた漢の名を、希仁は呼んだ。その手には、白刃が光っているのが見える。

「包拯《ほうじょう》か」

玉堂も希仁の本名を呼びすてて、はたと岸の方角をにらみつけたのだった。

葦原の中に動く人影たちは、音も声もほとんどたてていなかった。だが、希仁より数倍は鋭い戴星の目は、彼らが激しく動き回っているのをはっきりと捕捉していた。

三節棍は、両手で広げると人の背丈より少し長いほどになる。その一端をにぎってふりまわしながら、戴星はそのさなかに飛びこんでいった。

口はしっかりとひきむすんで、無言のままである。そのまま、もっとも手近な標的に、背後から襲いかかる。棒だから、刃物ほどの殺傷力はないものの、急所に当たれば気死させるぐらいはたやすい。戴星の一撃も、相手の首筋のうしろにきれいに当たってはねかえった。

若い無頼らしい男は、声もなく倒れる。はねかえってきた三節棍の一端を、戴星は左手でつかまえ、そのまま左へと振りまわす。その先にいた男の顎を、もう一端はあざやかにはねあげた。

すべて、物音ひとつたてずやってのけた早業である。

「――公子！」

戴星の乱入に気づいて、最初に声を上げたのは、男たちの中心にいた少年だった。

「漢臣、無事か」

「ごめん、つけられた。腹が減ってたもんで、ここで襲われるまで気がつかなくて」

「おまえのせいじゃない」

どんないいわけをしても、漢臣がこの連中をここまで連れてきてしまったことは事実だ。だが、戴星はあっさりとそれを否定した。

「寇萊公には」

「会えた。書状も渡してきた。今ごろは、岳州を出てるはずだよ」

「よくやった」

いいながら、三節棍を水車のようにふりまわした。棒に触れた葦が、微塵になって空中に舞い上がる。ふって湧いた加勢に、わっと群がろうとした男たちが、その棍の迫力にずるずると後ずさる。

それと見るや、戴星は逆に連中の中へまっすぐに飛びこんでいった。

「公子！　無茶だよ！」

あわてて後を追った漢臣が、戴星の背中に回った男を、さらに背後から殴りたおした。漢臣の手には、先ほどとおなじく白木の長棍が握られている。

「舟の方へ、近づけるな」

即座に、声がはねかえった。こんな場合だというのに妙に明るく聞こえるのは、朝の冷たい空気のせいだろうか。

「舟が出るまでは――」

「わかった」

ひとり、ふたりと、戴星の三節棍を腹に受けて、その場にうずくまる。三人目の喉笛に、棍の一方の端をまっすぐに突き入れた、次の瞬間。

「おまえか」

葦の間から、戴星の前に立ちふさがったのは、黒衣の男。顔の半分はあいかわらず布で覆ったままだが、一度、立ち合った戴星たちには身体つきだけで判別がついた。

「――おまえ」

「公子、太監を欺《あざむ》かれたのは、失敗でございましたな。是非、もう一度、おいでいただきたいということでございます」

「おれが指図したことじゃない――といっても、聞き入れそうもないな」

あきらめたように肩をすくめて、戴星は三節棍を両手に持った。三本をひとつに繋いだ、その節のあたりを持って、両端を自在に動かせるかまえである。

そのまま、ぴたりと静止する。相手も、それに呼応するように腰を落とした。その両手には、二本の刀。

「双刀か」

刀自体はすこし小ぶりにできているが、両手の技倆がほぼ同等でないと二本の意味がない武器であるのは、宝春の双剣とおなじである。

「来い――」

と、戴星は誘うように、わずかに構えを崩した。岳陽楼での失点を挽回するためにも、この男は、意地でも自分が倒すつもりだった。しかし――。

「――宝春！」

耳に届いたのは、希仁の叫び声だった。日ごろ、めったに声をあらげることのない漢の声だけに、戴星が尋常でない危機を感じとったのは当然のことである。

一瞬、身体ががら空きになった。

刀が空を切る音と、金属が木に当たる衝撃音、微塵になった木片が頬に当たる感触に、我にかえったのは、その一瞬のち。

目と鼻の先に、漢臣の棍と白刃が見えた。

「公子！」

戴星の脇からくぐりぬけてきた漢臣が、あわやのところで男の一撃をくいとめてくれたのだ。

「何してるんだよ！」

「すまない」

謝って、三節棍をとりなおそうとする戴星の腹のあたりを、漢臣はうしろ脚で蹴り放したのだった。

「ちがう、公子は舟の方へ！　こいつは、おいらが片付ける！」

「豎児《こぞう》、ぬかしたな」

と、口調は凄んでみたが、あきらかに気迫で漢臣が勝っているのを、戴星は一瞬のうちに見抜いた。

意地っぱりだが、また、判断が的確で早いのが戴星のとりえだ。

「まかせた」

いい残すや、敵にくるりと背中をむけて、戴星は走りだした。前にたちふさがる他の男どもは、この少年の敵ではない。

「希仁！　宝春！」

よく通る声が、土手の上に駆け上がった。そこで、彼が見たのは、玉堂と斬り結ぶ宝春の姿だった。全身の血が凍るかと思った。

ちら、と玉堂がこちらを認めたようだった。

「やめろ、玉堂。女相手に、何をする気だ」

背後から追いすがってきた若いのを、素手で殴り倒して、戴星も斜面をすべり降りる。

「俺のせいじゃない、こいつが、先に斬りかかってきたんだ」

とは、玉堂の反論である。戴星がそれを信じたのは、やはり何日かともに旅をしてきたからである。いざとなれば容赦はしないが、だからといって、意味もなく女孩子《こども》に手をあげるような男ではない。恥だとか意地という美学の問題ではなく、単に人に対して冷淡なだけなのだとわかっているが、それでも玉堂を信じる根拠にはなった。

「宝春、やめろ。おまえの勝てる相手じゃない」

「この男が、なんでこんなところにいると思ってるの！」

悲鳴のような、宝春の声が水面を走っていく。

「女ばかりの舟だと思って、悪さを企んだにちがいないのよ」

「誤解だ」

そのことばの是非は、両者の態度をよく見ればわかったはずだ。完全に頭に血が上っている宝春にひきかえ、玉堂の方は動きも鈍く、いかにもうんざりしたといった風だ。

「希仁、止めさせろ！」

だが、希仁は知らぬ顔をして舟着き場にかがみこんでいた。もやい綱を解こうと、悪戦苦闘していたのだ。舟の一方の端では、李絳花が竿をかまえて、今にも漕ぎだそうとしている。

宝春がいかに双剣の使い手でも、玉堂にかなうわけがない。それは希仁も知っていたし、李絳花の目からもそう見えたはずだ。力量が拮抗《きっこう》していれば、引き分けなければ危険だが、玉堂の方がはるかに上手だし、彼に戦意がない以上、宝春をうまくあしらってくれるだろう。まさか、殺しまではするまいし、それは他の女たちに対しても同様だ。あとのなりゆきは、人外の力を持つらしい李絳花に委ねるしかないだろう――。

玉堂に関して、全面的に信頼したわけではない。だがこの場合、ふたりを止めるより、舟を――李絳花や、舟に乗っているはずの李妃を安全な場所に逃がすことの方が先決だ。そう、希仁は判断し、李絳花にも指示したのである。

希仁が知らなかったのは、玉堂が怪我を負って、いつもの敏捷性を失っていたことだった。加えて、舟の足場の安定の悪さも失念していた。宝春の逆上の度合いも、考慮の外だった。

「行け――！」

濡れて堅くなっていた結び目をようやく解いて、希仁が叫んだ。舟は、ゆるやかな漣《さざなみ》を描きながら、水面をすべりだす。

「宝春、止めろ、でなければ、舟から降りろ！」

「いや」

――玉堂は、彼女の祖父の仇でもあるのだ。憎いと思う気持ちがいったん吹き出してしまえば、止められるものではない。それに宝春は宝春なりに、自分の母――とおぼしき婦人を守ってくれるつもりなのだ。

「ならば、玉堂！」

おまえが降りろと言う前に、

「おう」

玉堂は察知して、数歩、細い舟縁を走った。少女には、背を向けるかっこうになった。それに宝春がおいすがったのは、軽業の修行で、こういった細く不安定な場所に慣れているという自信からだったのだろう。ふつうなら、とても追っていけるようなところではないから、玉堂も油断していたはずだ。

背後に剣風を聞いて、玉堂はふりむきざまに片手で薙《な》ぎはらった。彼にとっては、危険に対する本能のような動作だった。

玉堂の身体が万全ならば、刃は少女の身体に触れる寸前で止まっただろう。

だが、重量のある刀を止めるだけの足場を、彼は確保できなかった。傷のために力を失っていた脚が、がくりとくだけた。勢いづいた刃は、容赦なく宝春の身体を襲った。

「——宝春！」

それでも、宝春がとっさに身体をひねったために、直撃は避けられた。

肩先から背中にかけて、一瞬のうちに鮮血が噴きあがるのが、戴星の位置からも見えた。

「宝春——！」

「綏花《すいか》！」

紅い衣装が、さらに紅く染まりながら水面に落ちていくのは、さながら桃の花片が散るようだった。玉堂の愕然とした表情が、一瞬、静寂につつまれたその場面をなにより雄弁にあらわしていた。

水煙が立った。

舟から、女の悲鳴が複数、聞こえた。

竿を手に、茫然とたちつくす李絳花の脚もとに、ふたりの女が抱きあうように座りこんでいるのが、ようやく見えた。

悲鳴をあげつづけているのは——。

「史鳳！」

姿かたちは変わっているが、開封一の花魁《おいらん》の面影はみとめられた。

「宝春さん、宝春さん！」

半狂乱となって叫びつづける何史鳳が、腕の中にかかえこむかたちとなっている、小柄な女性がいた。

（まさか――）

「母上！」

実母の顔に、記憶はない。抱かれた記憶すらないのは、当時、彼がなにもわからない嬰児だったせいではない。ほんとうに、一度もその腕に抱かれたことがないのだ。

にもかかわらず。

この人だという確信が、戴星にはあった。理屈ではなかった。

「母上――！」

一気に、舟着き場の板の上を駆けぬける。希仁が、少年の上衣の裾をつかもうと手を伸ばしたが、それをたくみにかいくぐり、戴星は水の中に飛びおりた。

頭からつっこまなかったのは、こういった湖の岸は、たいてい遠浅になっていると知っていたからだ。案の定、水深はやっと腰のあたりまでだった。晩春とはいえ、まだ水は身を斬るように冷たい。

だが、湖の中の水の流れに乗った舟は、もう人の顔がやっと判別できるあたりにまで漂いだしていた。

ようやく我にかえった李絳花が、いったん舟をもどそうと竿をあやつりかけたが、岸の闘争が目にはいったのだろう。意を決したように、沖にむかって漕ぎ出した。

──そこまで泳いでいくつもりだったのかどうか、戴星にもわからない。水練には自信のある彼のことだ。そのまま泳げば、追いつけたかも知れない。

だが、結果として、彼は途中で追うのをあきらめた。

「宝春──！」

水を薄紅色に染めながら、宝春の身体が水面に浮かびあがったのだ。さいわい、まだ意識はあった。

「宝春、しっかりしろ」

泳ぎついて頭を水面の上で支えてやった戴星に、宝春はかすかに笑った。

「──行って」

「だめだ」

少女の言葉の意味は、すぐにわかった。だが戴星は、きっぱりと首を横に振った。両手に少女の身体を抱え、立ち上がると、水面はちょうど胸のあたりだった。

「──公子！　白公子！」

沖の方から、李絳花の声が細く尾をひいて響いてきた。

「──待ってます。武陵で、待ってますから、妹々《めいめい》を──宝春さんを必ず、連れてきてください！　桃花源へご案内いたしますから。かならず、生きてですよ！」

「わかった！」

怒鳴りかえした声が、届いたかどうか、戴星にはもう自信がなかった。今、わかっているのは、ひとつだけ。宝春を救うことだけだ。

戴星は、そうして沖に背を向けた。

「よくも——妹々《めいめい》を」

李絳花と名のる、見知らぬ女の憎悪の視線を、玉堂は甘んじてうけた。喉もとにつきつけられた竿先も、玉堂の目からみればたいしておそろしいものではない。女の脚もとでことばもなく震えている何史鳳にも、彼は何も感じなかった。ただ、その腕の中の李夫人の、哀れむような表情から目が離せなくなって、玉堂は自失状態となっていたのだった。

憎まれることには慣れている。だが、今の場合はそれだけではない。以前にも、少女の祖父を誤って死なせてしまっている玉堂である。孫娘まで、過失で死なせたでは話にならない。殺すべき相手は殺せないでいるくせに——。

「抵抗はせん」

刀を、からりと投げだして、玉堂はふてくされた。

女孩子《こども》を手にかけることに、ためらいをおぼえたことはない。なのに、李妃の前で人を傷つけたことに、何故か自分自身が傷ついたような気がしたのだ。

「突くなと斬るなと、好きにしろ。どうせ、これといって生きていくあてのある身でもなし」

投げ出したように、言いはなった。

本音だった。ただ、この期におよんでも、人を殺したことを悔いているのか、それとも自分の技倆《ぎりょう》のいたらなさを嘆いているのか、自分でも判然としなかった。だから、突然、何もかも嫌になった。それが、良いことも悪いことも中途半端にしかできない自分自身に愛想が尽きたからだとは、まだ自覚できない玉堂だった。

「すぐには、殺してやらない」

李絳花も低い声で告げた。

「宝春さんの無事がわかるまでは。でも、あの娘に何事かあったら、許さない。死んだ方がましだと思うようにしてやるからね」

舟は、広い湖の西南へむかって、何かにあやつられるように漂いはじめていた。

「公子、早く！」

希仁がさしのべた手に宝春を預け、自分もようやく乾いた土地の上へ上がった時には、舟はもう、白い朝霧の中へ溶けこんで、あとかたもなくなっていた。

宝春は、途中で気を失ったから、それ以上、よけいな苦痛を与えずにすんだ。

「傷は——？」

戴星は、這いあがるなり全身から滴《しずく》をたらしながら、まとわりつく髪もはらいのけずに訊いた。

「深いが、致命傷ではありません。でも、治療をするには、薬も道具も必要です」

「死なせるなよ。おれは——人が消《き》え失《う》せるところなんぞ、二度とみたくない。宝春が消えるところなんか——！」

「わかっています。なんとか」

しましょう、といっているところへ、漢臣が駆け降りてきた。

「奴ら、いったん引いたけど、また来ると思うよ」

「すぐ、移動しましょう。宝春の手当は、その後です」

「でも——」

「だいじょうぶです。私が、絶対に死なせませんから」

戴星をなだめる希仁に、

「——どうして、師兄たちも舟に乗っていかなかったのさ」

不服そうに口をとがらせて、漢臣が訊いた。

「郎君《きみ》を、ひとり置いていけますか」

「だったら、公子だけでも。あのまま泳いでいけば、追いついたはずだろ。その時間かせぎのためだと思うから、おいら、がんばったんだぜ——」

戴星が放りだしていった三節棍をさしだしながら、なにげなく続けた。

瞬間。

戴星の顔色が、変わった。

「宝春を見捨てていけという気か！」

突然、怒鳴りつけられて、よほどおどろいたのだろう。漢臣は目を見開いたまま、硬直してしまった。

怒鳴られること自体におどろいたのではなかろう。どんなに馴れ馴れしい口をきいても、悪口をいい返すことはあっても本気になったことのなかった戴星が、漢臣に対してはじめて怒ったのである。

真剣なのは、その眼の色を見ればわかったはずだ。

それまで、戴星をなめてかかっていたふしのある漢臣である。それが戴星の気迫に完全に圧倒されて、彼もまたはじめて、しどろもどろとなった。

「だ、だって——きっと、そうすると思ったから」

その弁解が、戴星の怒りをさらにあおった。

「目の前で、人が死にそうになっているのにか。おまえなら平気でいられるのか。それが、

「武曲星《ぶきょくせい》のやり方か！」

殴ろうとする戴星の腕を、背後から希仁がつかんで止めた。

「止めるな！」

「宝春の手当の方が先です。けんかは、安全な場所を見つけてからでも遅くないでしょう」

この場に不似合いなほど冷静な希仁のことばに、きゅっとくちびるを噛んで、戴星はやっとのことで——そして、彼にしてはすばやく憤激をおさえたようである。何もいわず、希仁の手をふりはらうと、宝春の身体を抱き上げようとした。

「おいらが、つれてく」

よほど衝撃をうけたのだろう。

あれだけ元気のよかった漢臣が、悄然と告げて背中をむけた。背負っていくという意味である。

戴星は返事をしなかった。が、無言のまま、正体のない宝春の身体をそっと、少年の背にもたせかけた。

三人の中では一番若いが、もっとも力があるのも漢臣である。どちらにしても、宝春にできるだけ苦痛をあたえないように考えるなら、漢臣が運ぶのが一番だったのだ。

宝春の怪我は、右肩の先から背中にかけてだった。さほど深くはないが、傷口から流れる血が全身からしたたる水滴を紅く染めている。自分の衣服も血に染まるのもかまわず、漢臣はそっと宝春の身体を背負って、しっかりとした足どりで歩きはじめた。

どことといって、あてがあるわけではないが、岸沿いに歩けば、漁師の家の一軒ぐらいあるだろう。

「さ、公子。郎君《きみ》も早くその衣を乾かさないと」

希仁に肩を押されうながされて、やっと濡れた髪を額からかきあげ、戴星も少年の後を追って歩きだす。

今、一歩のところで会えなかった悔いを思いださないように、わざと肩をそびやかし、彼は一度もふりかえらなかった。

湖の岸辺に、ようやく朝が訪れようとしていた。

『桃花源奇譚3　月色岳陽楼』一九九五年三月　徳間書店
『桃花源奇譚　月色岳陽楼』二〇〇一年二月　中公文庫

中公文庫

新装版《しんそうばん》
桃《とう》花《か》源《げん》奇《き》譚《たん》3
——月色岳陽楼《げっしょくがくようろう》

2001年2月25日　初版発行
2022年9月25日　改版発行

著　者　井上《いのうえ》祐《ゆ》美《み》子《こ》

発行者　安部順一

発行所　中央公論新社
〒100-8152　東京都千代田区大手町1-7-1
電話　販売 03-5299-1730　編集 03-5299-1890
URL https://www.chuko.co.jp/

DTP　平面惑星
印　刷　大日本印刷
製　本　大日本印刷

Published by CHUOKORON-SHINSHA, INC.
Printed in Japan　ISBN978-4-12-207254-1 C1193

定価はカバーに表示してあります。落丁本・乱丁本はお手数ですが小社販売部宛お送り下さい。送料小社負担にてお取り替えいたします。

み-36-13
新装版 奇貨居《お》くべし（一）春風篇
宮城谷昌光
秦の始皇帝の父ともいわれる呂不韋。一商人から宰相にまでのぼりつめた波瀾の生涯を描く。十五歳の少年・不韋は、父の命により旅に出ることになるが……。
206981-7

み-36-14
新装版 奇貨居くべし（二）火雲篇
宮城谷昌光
藺相如と共に、趙の宝玉「和氏の璧」を大国・秦の手から守り抜いた呂不韋。乱世に翻弄されながらも、荀子、孟嘗君らの薫陶を受け成長する姿を描く。
206993-0

み-36-15
新装版 奇貨居くべし（三）黄河篇
宮城谷昌光
斉と魏の謀略により薛は滅びた。孟嘗君らが作り上げた理想郷・慈光苑に暮らす人々を救い出した呂不韋は、商人として立つことを考え始めるが……。
207008-0

み-36-16
新装版 奇貨居くべし（四）飛翔篇
宮城谷昌光
あれは奇貨かもしれない——。秦王の信を得た范雎の台頭から生じた政変に乗じ、呂不韋は、趙で人質生活を送る安国君の公子・異人を擁立しようとするが。
207023-3

み-36-17
新装版 奇貨居くべし（五）天命篇
宮城谷昌光
民意が反映される理想の王朝の確立を目指して呂不韋は奔走するが、即位したばかりの子楚・荘襄王の思わぬ訃報がもたらされ……。完結篇。〈解説〉平尾隆弘
207036-3

み-36-18
孟嘗君と戦国時代
宮城谷昌光
智慧と誠実さを以て輝ける存在であった孟嘗君を通して、波瀾の時代、古代中国・戦国時代を読み解く。書き下ろしエッセイ「回想のなかの孟嘗君」を付す。
207037-0

た-57-1
中国武将列伝（上）
田中芳樹
群雄割拠の春秋戦国から、統一なった秦・漢、世界帝国を築いた唐——国を護り民に慕われた将たちの評伝で綴る、人間味あふれる歴史物語。
203547-8

た-57-2
中国武将列伝（下）
田中芳樹
大唐世界帝国の隆盛。北方異民族に抗し英雄続出する宋。そして落日の紫禁城・清——中国史の後半を、国を護り民に慕われた名将たちの評伝で綴る。
203565-2

各書目の下段の数字はISBNコードです。978-4-12が省略してあります。

た-57-14
新装版 風よ、万里を翔《か》けよ 田中芳樹
隋朝末期、戦場をかけた男装の美少女がいた。北に高句麗を征し、南に賊軍を討つ——落日の隋帝国を支えて勇戦した伝説の佳人・花木蘭を描く中国歴史長篇。
206234-4

S-16-9
中国文明の歴史9 清帝国の繁栄 宮崎市定責任編集
十八世紀は比類ない繁栄をもたらした清王朝の黄金時代であった。しかし盛者必衰の法則にもれず、やがて没落と衰亡の前兆が……。〈解説〉礪波 護
203737-3

S-16-11
中国文明の歴史11 中国のめざめ 宮崎市定責任編集
清朝の三百年の統治は遂に破綻をきたし、この腐敗混迷を救うべく孫文が立ちあがる。かくして辛亥革命は成功し、北伐がはじまる。〈解説〉礪波 護
203763-2

み-22-11
雍《よう》正《せい》帝《てい》 中国の独裁君主 宮崎市定
康熙帝の治政を承け中国の独裁政治の完成者となった雍正帝。その生き方から問う、東洋的専制君主とは？「雍正硃批諭旨解題」併録。〈解説〉礪波 護
202602-5

み-22-18
科挙 中国の試験地獄 宮崎市定
二万人を収容する南京の貢院に各地の秀才が集ってくる。老人も少なくない。完備しきった制度の裏の悲しみと喜びを描き凄惨な試験地獄の本質を衝く。
204170-7

み-22-19
隋の煬帝《ようだい》 宮崎市定
父文帝を殺して即位した隋第二代皇帝煬帝。中国史上最も悪名高い皇帝の矛盾にみちた生涯を検証しつつ、混迷の南北朝を統一した意義を詳察した名著。
204185-1

み-22-22
水滸伝 虚構のなかの史実 宮崎市定
史書に散見する宋江と三十六人の仲間たちの反乱は、いかにして一〇八人の豪傑が活躍する痛快無比な伝奇小説『水滸伝』となったのか？〈解説〉礪波 護
206389-1

み-22-23
アジア史概説 宮崎市定
漢文明、イスラム・ペルシア文明、サンスクリット文明、日本文明等が競い合い、補いながら発展してきたアジアの歴史を活写した名著。〈解説〉礪波 護
206603-8

み-22-24
大唐帝国 中国の中世
宮崎市定
統一国家として東アジア諸民族の政治と文化の根幹を築いた唐王朝。史上稀にみる中国の中世、大唐帝国を中心にした興亡史七百年を詳述する。〈解説〉礪波護
206632-8

み-22-21
中国史の名君と宰相
宮崎市定
礪波護 編
始皇帝、雍正帝、李斯……激動の歴史の中で光彩を放った君臣の魅力・功罪・時代背景等を東洋史研究の泰斗が独自の視点で描き出す。〈解説〉礪波護
205570-4

お-91-1
天盆
王城夕紀
万民が熱狂する伝統の盤戯「天盆」。家族の想いを背負い、歴史に挑む十歳の少年の神手が、国の運命を大きく変える。圧倒的疾走感で描く放熱ファンタジー！
206429-4

た-85-1
煌《こう》夜《や》祭《さい》
多崎礼
ここ十八諸島で、冬至の夜、語り部たちが語り明かす「煌夜祭」。今年も人と魔物の恐ろしくも美しい物語が語られる。読者驚愕のデビュー作、ついに文庫化！
205795-1

た-85-2
叡智の図書館と十の謎
多崎礼
古今東西の知識のすべてを収める人類の智の殿堂。鎖に縛められたその扉を開かんとする旅人に守人は謎をかける。知の冒険へ誘う意欲作！ 文庫オリジナル。
206698-4

た-85-3
夢の上 夜を統《す》べる王と 六つの輝晶《きしょう》1
多崎礼
六つの輝晶は叶わなかった六人の夢。翠輝晶は語り出す。死影を宿すアイナと王子アライスの出会いが生んだ壮大な夢を。C★NOVELS『夢の上1』改題。
206836-0

た-85-4
夢の上 夜を統べる王と 六つの輝晶2
多崎礼
紅輝晶が秘める復讐の夢。光神王を暗殺せんと後宮へ入ったハウファは王の子アライスを産む。だが同じ日、第一妃にも王子が誕生していた。二人の王子の運命は。
206852-0

た-85-5
夢の上 夜を統べる王と 六つの輝晶3
多崎礼
太陽姫と崇められ、人々の夢を担うアライスは、ついに光神サマーアを打ち砕き、王国に青空は戻る。だが、彼女の秘めた無垢なる願いは……。シリーズ完結！
206871-1

各書目の下段の数字はISBNコードです。978-4-12が省略してあります。

か-68-1
デルフィニア戦記 第Ⅰ部 放浪の戦士1 茅田砂胡
やがて『獅子王』と呼ばれる漂泊の戦士と『姫将軍』と呼ばれることとなる異世界の少女。アベルドルン大陸を震撼させる二人の冒険譚が、はじまる。
204147-9

か-68-2
デルフィニア戦記 第Ⅰ部 放浪の戦士2 茅田砂胡
偽王の濡衣を着せられたウォルを慕い次々と集結する仲間たち。国王軍を名乗り進軍する彼らに立ち塞がる敵。圧倒的な戦力差にリィがとった奇策とは⁉
204162-2

か-68-3
デルフィニア戦記 第Ⅰ部 放浪の戦士3 茅田砂胡
軍を解散せよ、さもなくば——国王軍の進撃に恐れをなした改革派は脅迫の手段に出た。苦悩の末、ウォルがリィに難攻不落の城への侵入を託すのだが。
204173-8

か-68-4
デルフィニア戦記 第Ⅰ部 放浪の戦士4 茅田砂胡
ついに王都に迫った国王軍だったが、宿敵ペールゼンによってウォルの出生に疑問が投げかけられた。混乱する国王軍の運命は⁉ 第一部完結。
204191-2

か-68-5
デルフィニア戦記 第Ⅱ部 異郷の煌姫1 茅田砂胡
デルフィニアの内乱より三年——国王と王女となったウォルとリィに、新たなる争乱と暗殺の危機が。隣国の罠と対決する新デルフィニアの面々の活躍！
204216-2

か-68-6
デルフィニア戦記 第Ⅱ部 異郷の煌姫2 茅田砂胡
名門貴族サヴォア一族の内紛に隠された主家失脚の陰謀。裏にひそむ隣国タンガとパラストの執拗で巧妙な罠に、騎士バルロは敢然と剣を取り出撃した！
204229-2

か-68-7
デルフィニア戦記 第Ⅱ部 異郷の煌姫3 茅田砂胡
リィとウォルの国を挙げての結婚式の最中、タンガから宣戦布告が届く。先陣をきり飛び出した王と王妃はこの危機をどう乗り越えるのか⁉
204243-8

か-68-8
デルフィニア戦記 第Ⅲ部 動乱の序章1 茅田砂胡
皇太子を人質に取られたタンガに国王率いる援軍が到着した。迎え撃つデルフィニア国王。パラストも加わり、三国は三つどもえの戦いに突入するのか⁉
204286-5

か-68-9
デルフィニア戦記　第Ⅲ部　動乱の序章2　茅田砂胡

三国を隔てるタウ山が銀鉱と知り、タンガ・パラスト両王はそれまでの遺恨を振り捨てて、デルフィニアに牙を剝く。国境に出撃した国王軍に危機迫る。

204313-8

か-68-10
デルフィニア戦記　第Ⅲ部　動乱の序章3　茅田砂胡

タンガ・パラスト両国は同盟を結び、デルフィニアに宣戦布告。国王ウォルは囚われの身に。この風雲急を告げるとき、王妃リィの姿が消えていた……。

204339-8

か-68-11
デルフィニア戦記　第Ⅲ部　動乱の序章4　茅田砂胡

王妃リィの獅子奮迅の働きと、駆けつけた仲間たちの活躍により危機を脱したデルフィニア軍。だがそれは、大戦乱の前の一時の安らぎにすぎなかった。

204363-3

か-68-12
デルフィニア戦記　第Ⅲ部　動乱の序章5　茅田砂胡

隣国の版図拡大をおそれる両国王からの暗殺依頼により、コーラル城の喧噪にまぎれ、巧妙に、精緻に張りめぐらされる暗殺の罠。リィに最大の危機が迫る！

204393-0

か-68-13
デルフィニア戦記　第Ⅳ部　伝説の終焉1　茅田砂胡

豪華な式典の陰で、パラスト・タンガ両国王は飽くことなき権力への執念を燃やす。リィとウォルは互いの手をとり大広間に踏み出した――。偽りの宴が始まる。

204475-3

か-68-14
デルフィニア戦記　第Ⅳ部　伝説の終焉2　茅田砂胡

デルフィニア領となったカムセンの元領主が失地回復を叫んで挙兵する。最前線で戦う戦女神リィに、ファロットの暗殺者が忍びより――必殺の矢が放たれた！

204502-6

か-68-15
デルフィニア戦記　第Ⅳ部　伝説の終焉3　茅田砂胡

トレニア湾にはスケニアの大艦隊、国境にはタンガ軍――デルフィニア包囲網は強固に完成しつつあった。この危機に黒衣の独騎長は単身大海に乗り出した！

204532-3

か-68-16
デルフィニア戦記　第Ⅳ部　伝説の終焉4　茅田砂胡

生きて戻れ――リィの言葉に送られ、一族と決着をつけるためシェラは北を目指す。一方、意識をなくした戦女神に、レティシアは必殺の針を手に忍び寄る！

204553-8

各書目の下段の数字はISBNコードです。978−4−12が省略してあります。

か-68-17
デルフィニア戦記 第Ⅳ部 伝説の終焉5 茅田砂胡
王位を捨てたウォル、異世界の相棒ルウ、己の意思で行動するシェラ。三騎は王妃奪還のため、タンガへの途をひた走る——最後の奇跡が始まった！
204584-2

か-68-18
デルフィニア戦記 第Ⅳ部 伝説の終焉6 茅田砂胡
放浪の戦士と異世界の少女の出逢い——全てはここから始まった。盟約で結ばれた二人は大国の王と国の守護神となった。獅子王と妃将軍が紡ぐ伝説、堂々完結。
204612-2

か-68-21
デルフィニア戦記外伝 大鷲の誓い 茅田砂胡
のちにデルフィニアの獅子王を支えることになる二人の騎士団長は、いかにして出会い、身分の違いを超えて絆を結んだか。若武者たちの青春物語を描く外伝。
205291-8

か-68-28
デルフィニア戦記外伝2 コーラル城の平穏な日々 茅田砂胡
ポーラのお忍びでの市内見物や、シェラが偶然出逢った小貴族の結婚問題等、なにげないコーラル城での日々（でも事件だらけである）を描く二中篇他を収録。
206705-9

か-68-29
デルフィニア戦記外伝3 ポーラの戴冠式 茅田砂胡
リィはデルフィニアの危機に、十年の時を経て再び故国に降り立つ。「小説BOC」に連載された全十話に書きおろしの二話を加えた連作短篇集。
207148-3

く-23-2
ゆら心霊相談所 消えた恩師とさまよう影 九条菜月
元弁護士の訳ありシングルファーザーと、「視えちゃう」男子高校生のコンビが、失せ物捜しから誘拐事件までなんでも解決。ほんわかホラーミステリー。
206280-1

く-23-3
ゆら心霊相談所2 キャンプ合宿と血染めの手形 九条菜月
キャンプ合宿へやってきた尊。朝起きると、足に真っ赤な手形が！「聴こえちゃう」オヤジと「視えちゃう」男子校生のほんわかホラーミステリー第2弾。
206339-6

く-23-4
ゆら心霊相談所3 火の玉寺のファントム 九条菜月
オヤジ所長、呪われる⁉ 首の包帯、亡くなった妻、弁護士を辞めた理由。変人シングルファーザー・由良蒼一郎の過去が明らかに！ ほんわかホラーミステリー第3弾。
206407-2

く-23-5
ゆら心霊相談所4 座敷わらしを連れ戻せ
九条菜月
老舗旅館を襲う怪事。原因は座敷わらしの失踪？「視える」男子高校生と「聴こえる」シングルファーザーのコンビが活躍する、ほんわかホラーミステリー第4弾。
206496-6

く-23-6
ゆら心霊相談所5 あの世から花束を
九条菜月
イケメン新人俳優につきまとう女の霊の正体は？「視える」男子高校生と「聴こえる」オヤジ所長が心霊事件を解決！ 好評ほんわかホラーミステリー第5弾。
206594-9

く-23-7
洋菓子店アルセーヌ ケーキ作りは宝石泥棒から
九条菜月
恋人の浮気発覚でボロボロの陽咲は、傷を癒してくれたケーキの美味しさに感動し洋菓子店「アルセーヌ」で働くことに。だがこの店には怪しい裏稼業が？
206707-3

く-23-8
洋菓子店アルセーヌII 裏稼業のあとは甘いデザートで
九条菜月
美味しいケーキと怪盗業を営む異色の洋菓子店で働く陽咲。今回初めてウエディングケーキの発注を受けるが、店主・大空に異変が？
206798-1

く-23-9
私の彼は腐ってる
九条菜月
許婚の伊織に一目惚れした揚羽。念願叶って彼と同居するが……。物理的に腐っていた彼と、元気大学生のドタバタ恋愛がスタート？
206879-7

く-23-10
私の彼は腐ってる2
九条菜月
天涯孤独の大学生・揚羽を迎えてくれた婚約者の正体は、なんとゾンビだった⁉ 彼に恋する揚羽の、前途多難で甘い恋の行方は？ 文庫書き下ろし。
206988-6

き-40-1
化学探偵Mr.キュリー
喜多喜久
周期表の暗号、ホメオパシー、クロロホルム——大学で起こる謎を不遇の天才化学者が解き明かす‼ 至極の化学ミステリが書き下ろしで登場！
205819-4

き-40-2
化学探偵Mr.キュリー2
喜多喜久
過酸化水素水、青酸カリウム、テルミット反応——今日もMr.キュリーこと沖野春彦准教授を頼る事件が盛りだくさん。大人気シリーズ第二弾が書き下ろしで登場！
205990-0

各書目の下段の数字はISBNコードです。978-4-12が省略してあります。

き-40-4
化学探偵Mr.キュリー3 喜多喜久
呪いの藁人形、不審なガスマスク男、魅惑の《毒》鍋――学内で起こる事件をMr.キュリーが解き明かすが、今回、彼の因縁のライバルが登場して⁉
206123-1

き-40-5
化学探偵Mr.キュリー4 喜多喜久
Mr.キュリーこと沖野春彦が、なんと被害者に⁉ 事件に立ち向かったのは春ちゃんラブのイケメン俳優・美間坂剣也。新たな名探偵、誕生か⁉
206236-8

き-40-6
化学探偵Mr.キュリー5 喜多喜久
化学サークルの「甘い」合成勝負、サ行の発音があやうくなる《薬》。そして沖野と舞衣は、理学部地下の冷蔵室に閉じ込められた。この窮地に沖野は――？
206325-9

き-40-7
化学探偵Mr.キュリー6 喜多喜久
沖野春彦が四宮大学に来て三年半。未だ研究のメインテーマを決められずにいた。そんな中、研究室に「ギフテッド」と呼ばれる天才少女が留学してきて？
206411-9

き-40-9
化学探偵Mr.キュリー7 喜多喜久
シリーズ累計50万部突破！ Mr.キュリーこと沖野春彦の推理に《化学反応》を受けた人物たちが織りなす、個性豊かな7色のミステリが登場です！
206529-1

き-40-11
化学探偵Mr.キュリー8 喜多喜久
大学内で撮影された爆破動画。理学部の排水から検出した覚醒剤。そして研究室で体調を崩す学生、その意外な原因を沖野と彼のライバル・氷上が探る。
206745-5

き-40-13
化学探偵Mr.キュリー9 喜多喜久
四宮大学で舞衣が沖野と出会って丸二年。今年も奇妙な相談が寄せられる中、あの人気「化学ドラマ」を沖野が監修することになり？
206869-8

き-40-15
化学探偵Mr.キュリー10 喜多喜久
小国の王子に舞衣がプロポーズされた⁉ 一方、沖野も海外の科学研究所にスカウトされて……。第十弾は波乱ずくめの長編作！ 文庫書き下ろし。
207067-7